現代名家

美文品讀系列

呼蘭河傳

蕭紅作品精選集

山邊出版社有限公司

現代名家美文品讀系列

呼蘭河傳——蕭紅作品精選集

作　　者：蕭紅
賞　　析：劉淑敏
插　　圖：貴圖子
責任編輯：馬炯炯
美術設計：蔡學彰　王樂佩
出　　版：山邊出版社有限公司
　　　　　香港英皇道 499 號北角工業大廈 18 樓
　　　　　電話：（852）2138 7998
　　　　　傳真：（852）2597 4003
　　　　　網址：http://www.sunya.com.hk
　　　　　電郵：marketing@sunya.com.hk
發　　行：香港聯合書刊物流有限公司
　　　　　香港新界大埔汀麗路 36 號中華商務印刷大廈 3 字樓
　　　　　電話：（852）2150 2100
　　　　　傳真：（852）2407 3062
　　　　　電郵：info@suplogistics.com.hk
印　　刷：中華商務彩色印刷有限公司
　　　　　香港新界大埔汀麗路 36 號
版　　次：二〇一九年五月初版

原書名：呼蘭河傳
蕭紅　著　　　貴圖子　繪
中文繁體字版 © 呼蘭河傳　由接力出版社有限公司正式授權出版發行，
非經接力出版社有限公司書面同意，不得以任何形式任意重印、轉載。

ISBN: 978-962-923-475-1
© 2019 SUNBEAM Publications (HK) Ltd.
18/F, North Point Industrial Building, 499 King's Road, Hong Kong
Published and printed in Hong Kong

目錄

作者小傳

蕭紅（1911－1942），原名張迺瑩。1911年6月的某一天，她出生於黑龍江省哈爾濱市的呼蘭城區南街一處地主宅院。

蕭紅的父親張廷舉是一個地方鄉紳，做過教師、校長、教育局長、督學和商會會長，在當地頗有人望，但對待子女卻家長作風十足。母親姜玉蘭出於種種原因，對長女缺乏應有的慈愛和溫柔。這對蕭紅的一生都產生了重大的影響。

1926年，蕭紅從呼蘭縣立第一高級小學畢業。經過與父親長達一年的激烈鬥爭，她終於得到允許，前往遠在哈爾濱的一所新式女子中學就讀。

1929年，蕭紅的祖父去世，這給了蕭紅極大的打擊。她在《祖父死了的時候》中寫道：「我想世間死了祖父，就沒有再同情我的人了，世間死了祖父，剩下的盡是些兇殘的人了。」從此蕭紅感到自己對張家再無可依戀之人。1930年，她初中畢業，第一次向父親發出了正式的宣戰——私自和遠房表哥陸振舜跑去了北京。她這麼做的原因，史無定論，一般說法是為了反抗包辦婚姻，但也有說她去北京只是想當個畫家。因為她的學生時代真正的愛好並非寫作，而是繪畫。無論如何，已訂婚的蕭紅和別的男

人跑了，這個「事實」在保守的呼蘭小城掀起了軒然大波，令其父名譽掃地，竟至於失去了教育廳官員的職務。連蕭紅的弟弟張秀珂都受到了波及，為了避開同學的嘲笑，不得不轉學到外地。

這次「戰鬥」以蕭紅的慘敗告一段落。在各自家族斷絕金錢供給的壓力之下，彈盡糧絕的蕭紅和陸振舜不得不灰溜溜地回到老家。

1931 年，張廷舉將蕭紅送出呼蘭縣城，軟禁在阿城縣的福昌號屯。當年 9 月，蕭紅因為反對給佃農加租而與伯父發生爭執，伯父宣稱要叫她父親來收拾她。在幾個親戚的幫助下，蕭紅從福昌號屯出走，從此再也沒有回頭。

蕭紅雖然勇敢地邁出了與家庭割裂這一步，卻依然是個身無長物、衣食無靠的弱女子。她在哈爾濱根本無法生存。這時，與蕭紅訂過婚的汪恩甲找到了她。一無所有的蕭紅和他同居了。他們在哈爾濱的東興順旅館住了一段時間，蕭紅懷了身孕，汪恩甲卻突然棄她而去，從此下落不明，關於蕭紅的一切生平研究都無法確定這個人身上到底發生了什麼事。

困居旅館的蕭紅無奈地給當地一家報紙寫信求助，報紙主編派人救出了她。她因而得以結識為這家報紙寫稿的

青年作家三郎，很快就結婚了。這位三郎，便是後來與蕭紅合稱「二蕭」的著名作家蕭軍。

1932年8月，蕭紅生下了與汪恩甲的女兒，但六天後她就把嬰兒送養了。她把這件事寫成了她的第一篇小說《棄兒》。

1933年5月，在蕭軍的鼓勵下，蕭紅寫了短篇小說《王阿嫂的死》並發表。這被公認為她文學創作的正式起點。就在這一年，蕭紅寫了好幾篇小說，刊登在抗日文學刊物《夜哨》上，還「非法」出版了與蕭軍的合集《跋涉》。這時的蕭紅，筆名為「悄吟」。由於受到蕭軍左翼思想的影響，蕭紅這些早期作品裏，流露出強烈的階級對立的傾向，有很多反映地主壓迫剝削貧僱農的內容。有學者認為，這裏面也隱含着蕭紅對父親的恨意。因為她筆下所有的壞地主都姓張。

1934年，積極參加地下抗日宣傳活動的蕭紅和蕭軍不得不從哈爾濱逃亡南下，他們先是來到青島，後來又前往上海。這段旅程為兩人的文學之路奠定了基石。蕭紅在青島創作了中篇小說《麥場》，後來改名《生死場》。蕭軍則完成了長篇小說《八月的鄉村》。1934年，在與魯迅取得聯繫之後，蕭紅和蕭軍乘坐一條貨船奔往上海。同年，

魯迅將《生死場》和《八月的鄉村》以及作家葉紫的小説《豐收》編成「奴隸叢書」，並提供資助，在容光書局出版，他還親自為《生死場》寫序。「蕭紅」這個筆名就是在《生死場》出版時第一次出現。

魯迅不但自己對蕭紅提攜有加，還大力地向上海文化界乃至日本、美國的文化人士推薦蕭紅和她的作品。在接受美國記者愛德格‧斯諾訪問的時候，魯迅特別地提到蕭紅「是當今中國最有前途的女作家」。蕭紅很快就揚名海內外。

蕭紅和蕭軍在上海各自成名，但是他們的感情卻瀕臨破裂。蕭軍嚮往延安，蕭紅卻認為作家是屬於人類的，並不專屬於某個階級。兩人產生不可調和的分歧。同時，他們在生活中也有這樣那樣的矛盾，這不可避免地導致了夫妻的分手。

1936 年，深受婚戀問題困擾的蕭紅隻身前往日本，她在東京只生活了一年。1937 年日軍侵華戰爭爆發前夕，蕭紅回到中國，遠離仍在上海的蕭軍，一個人住在北京。儘管後來應蕭軍的要求她回了上海，但兩人的婚姻生活並沒有什麼起色。隨着日軍腳步的逼近，已經到了必須對前途做決定的時刻，蕭紅和蕭軍分道揚鑣。蕭軍決定去打遊擊。

蕭紅堅持走文學寫作的道路，她離開臨汾，去了西安。而這個時候，就像六年前在哈爾濱時那樣，蕭紅正懷着孕。不同的是，這一次，是她自己選擇走出了這段感情。後來她生下一個男嬰，但沒有活下來。

1938 年 3 月，蕭軍到達延安，這一年 4 月，蕭紅返回武漢，與同樣來自東北的作家端木蕻良舉行了婚禮，隨後雙雙從武漢去重慶。6 月，蕭軍登報聲明，另娶新妻。二蕭成為絕響。

1940 年，蕭紅與端木蕻良逃到了尚未淪亡於日軍之手的香港。香港是蕭紅人生和文學生涯的最後一站。在這裏她寫了兩部長篇小說《呼蘭河傳》、《馬伯樂》，以及中篇小說《小城三月》。其中的《呼蘭河傳》是蕭紅最重要的作品。現代作家及文學評論家茅盾說過，《呼蘭河傳》像是自傳，但又不像是自傳，「它是一篇敍事詩，一幅多彩的風土畫，一串淒婉的歌謠」。

這部小說篇幅並不大，卻將蕭紅的整個生命濃縮於其中。翻開這本書，人們彷彿明白，蕭紅其實從未離開她仇恨和熱愛了一生的那座故鄉小城。她那在白山黑水間跳蕩的童年就像一個比真實更真實的夢，無時無刻不纏繞在她的心上，最終帶她回家。

1942 年 1 月 22 日，在已被日軍佔領的香港，蕭紅在一家臨時醫院裏病重不治，告別了人世，骨灰草草掩埋在淺水灣。1958 年，蕭紅的骨灰被移葬至廣州銀河革命烈士公墓。多年後，端木蕻良透露，蕭紅還有一半的骨灰葬在香港聖士提反女校校園裏。

　　蕭紅的創作期只有短短十年，作品也不過百萬字，但她在中國現代文學史上的地位，卻得到許多大師的認同和推重，在一流作家的行列中確立無疑。1999 年，《亞洲周刊》評選 20 世紀中國小説百強，《呼蘭河傳》位列第 9 名。

詩歌篇

朋友和敵人，

我都一樣地崇敬，

因為在我的靈魂上，

他們都畫過條紋。

偶然想起

去年的五月，
正是我在北平吃青杏的時節，
今年的五月，
我生活的痛苦，
真是有如青杏般的滋味！

 賞析

　　這篇小詩大約寫成於 1932 年，蕭紅當時正和汪恩
甲在東興順旅館同居，因拖欠旅費而聲稱回家取錢的情
人又一去不返。想必旅館老闆對她的態度也必然不會友
善，後無退路，前途迷茫。在這種困境裏，詩句卻毫無
呼天搶地的誇張姿態，只用了簡單的對比手法，將往日
的閒淡和如今的困窘對照起來，同時用「青杏的滋味」
比喻內心的痛苦，文字含蓄優美，令人動容，一腔少女
的愁緒也表達得恰到好處。

沙粒 (34首)

一

七月裏長起來的野菜，
八月裏開花了。
我傷感它們的命運，
我讚歎它們的勇敢。

二

我愛鐘樓上的銅鈴；
我也愛屋簷上的麻雀，
因為從孩童時代它們就是我的小歌手呵！

三

我的窗前結着兩個蛛網，
蜘蛛晚餐的時候，
也正是我晚餐的時候。

四

世界那麼大！

而我卻把自己的天地布置得這樣狹小！

五

冬夜原來就是冷清的，

更不必再加上鄰家的箏聲了。

六

夜晚歸來的時候，

踏着落葉而思想着遠方。

頭髮結滿水珠了！

原來是個小雨之夜。

七

從前是和孤獨來鬥爭。

而現在是體驗這孤獨。

一樣的孤獨，

兩樣的滋味。

八

本也想靜靜地工作，

本也想靜靜地生活，
但被寂寞燃燒得發狂的時候，
煙，吃吧！
酒，喝吧！
誰人沒有心胸過於狹小的時候。

九

綠色的海洋，
藍色的海洋，
我羨慕你的偉大，
我又怕你的驚險。

一〇

朋友和敵人，
我都一樣地崇敬，
因為在我的靈魂上，
他們都畫過條紋。

一一

今後將不再流淚了，
不是我心中沒有悲哀，
而是這狂妄的人間迷惘了我了。

一二

和珍寶一樣得來的友情，

一旦失掉了，

那刺痛就更甚於失掉了珍寶。

一三

我的胸中積滿了沙石，

因此我所想望着的

只是曠野、高天和飛鳥。

一四

蒙古的草原上，

夜和羊羣一同做着夢，

那麼我將是個牧羊的赤子了。

一五

偶然一開窗子，

看到了簷頭的圓月。

一六

人在孤獨的時候，

反而不願意看到孤獨的東西。

一 七

生命為什麼不掛着鈴子？

不然丟了你，

怎能感到有所亡失？

一 八

還沒有走上沙漠，

就忍受着沙漠之渴。

那麼，既走上了沙漠，

又將怎樣？

一 九

月圓的時候，

可以看到；

月彎的時候，

也可以看到。

但人的靈魂的偏缺，

卻永也看不到。

二 〇

理想的白馬騎不得，

夢中的愛人愛不得。

二一

東京落雪了，

好像看到千里外的故鄉。

二二

當野草在人的心上長起來時，

不必去鏟鋤，

也絕鏟鋤不了。

二三

想望得久了的東西，

反而不願意得到。

怕的是得到那一刻的戰慄，

又怕得到後的空虛。

二四

可憐的冬朝，

無酒亦無詩。

二五

失掉了愛的心板，

相同失掉了星子的天空。

二 六

當悲哀，

反而忘記了悲哀，

那才是最悲哀的時候。

二 七

此刻若問我什麼最可怕？

我說，氾濫了的情感最可怕。

二 八

可厭的人羣，

固然接近不得，

但可愛的人們也正在這可厭的人羣之中。

若永遠躲避着髒污，

則又永久得不到純潔。

二 九

海洋之大，

天地之廣，

卻恨各自的胸中狹小，

我將去了？

三〇

野犬的心情，

我不知道；

飛到異鄉去的燕子的心情，

我不知道。

但自己的心情，

自己卻知道。

三一

從異鄉又奔向異鄉，

這願望多麼渺茫！

而況送我的是海上的波浪，

迎接着我的是鄉村的風霜。

三二

只要那是真誠的，

哪怕就帶着點罪惡，

我也接受了。

三三

我本一無所戀，

但又覺得到處皆有所戀。

這煩亂的情緒呀！

我咒詛着你，

好像咒詛惡魔那麼咒詛。

三 四

什麼最痛苦，

說不出的痛苦最痛苦。

這是蕭紅 1935 年至 1937 年旅居日本時所寫的一組詩。依然是她慣常的簡潔雋永的風格。《沙粒》是蕭紅後期詩作中的代表作，這個時期，作者已經不再是初涉人世的年輕女子，雖然婚戀上的不幸遭遇給她帶來了極大的痛苦，但文學之路上的蕭紅這時候對自己更加自信，關於文學的觀念和想法也日臻成熟，她開始雕琢詩的文體，而不是隨意地放縱情感流露。從抒情方式上看，她的詩句不復幾年前寫作《苦杯》和《春曲》時的多愁善感和柔弱清新，多了幾分理性的哲思和人生經歷洗練出的睿智，也有了一些不甚明顯但確實存在的覺醒的堅毅。

拜墓詩

跟着別人的腳跡，
我走進了墓地，
又跟着別人的腳跡，
來到了你的墓邊。
那天是個半陰的天氣，
你死後我第一次來拜訪你。

我就在你的墓邊豎了一株小小的花草，
但，並不是用以招弔你的亡靈，
只說一聲：久違。

我們踏着墓畔的小草，
聽着附近的石匠鑽刻着墓石，
或是碑文的聲音。
那一刻，
胸中的肺葉跳躍起來，
我哭着你，

不是哭你，

而是哭着正義。

你的死，

總覺得是帶走了正義，

雖然正義並不能被人帶去。

我們走出了墓門，

那送着我們的仍是鐵鑽擊打着石頭的聲音，

我不敢去問那石匠，

將來他為着你將刻成怎樣的碑文？

賞析

　　1937 年 1 月蕭紅自日本返回上海，便去墓地拜祭魯迅先生。3 月，她寫下此詩。大部分詩人在產生某種強烈的情緒時，會傾向於立即動筆，但蕭紅卻遲滯了兩個月，才寫詩記錄下自己的這次刻骨銘心的祭奠。在這不算短的時間裏，蕭紅的悲傷一直都在醞釀發酵中。《拜墓詩》是她這份濃重的悲傷一次小小的宣洩。但這首詩，立意卻遠遠超過普通的傷悼。即使是對自己視若父親的魯迅先生，成長起來的蕭紅也已經可以站在全民族的立場上看視，她問出了「將來他為着你將刻成怎樣的碑文」這樣振聾發聵的問題。

散文篇

我若死掉祖父，就死掉我一生最重
要的一個人，好像他死了就把人間一切
「愛」和「溫暖」帶得空空虛虛。我的
心被絲線紮住或鐵絲絞住了。

永久的憧憬和追求

　　一九一一年，在一個小縣城裏邊，我生在一個小地主的家裏。那縣城差不多就是中國的最東最北部——黑龍江省——所以一年之中，倒有四個月飄着白雪。

　　父親常常為着貪婪而失掉了人性。他對待僕人，對待自己的兒女，以及對待我的祖父都是同樣的吝嗇而疏遠，甚至無情。

　　有一次，為着房屋租金的事情，父親把房客的全套的馬車趕了過來。房客的家屬們哭着訴說着，向我的祖父跪了下來，於是祖父把兩匹棕色的馬從車上解下來還了回去。

　　為着這匹馬，父親向祖父起着終夜的爭吵。「兩匹馬，咱們是算不了什麼的。窮人，這匹馬就是命根。」祖父這樣説着，而父親還是爭吵。九歲時，母親死去。父親也就更變了樣，偶然打碎了一隻杯子，他就要罵到使人發抖的程度。後來就連父親的眼睛也轉了彎，每從他的身邊經過，我就像自己的身上生了針刺一樣；他斜視着你，他那高傲的眼光從鼻梁經過嘴角而後往下流着。

　　所以每每在大雪中的黃昏裏，圍着暖爐，圍着祖父，聽着祖父讀着詩篇，看着祖父讀着詩篇時微紅的嘴唇。

　　父親打了我的時候，我就在祖父的房裏，一直面向着窗子，從黃昏到深夜——窗外的白雪，好像白棉花一樣飄着；而暖爐上水壺的蓋子，則像伴奏的樂器似的振動着。

　　祖父時時把多紋的兩手放在我的肩上，而後又放在我

的頭上，我的耳邊便響着這樣的聲音：

「快快長吧！長大就好了。」

二十歲那年，我就逃出了父親的家庭。直到現在還是過着流浪的生活。

「長大」是「長大」了，而沒有「好」。

可是從祖父那裏，知道了人生除掉了冰冷和憎惡而外，還有溫暖和愛。

所以我就向這「溫暖」和「愛」的方面，懷着永久的憧憬和追求。

 賞析

這篇散文刊登在 1937 年 1 月 10 日的《報告》雜誌上，是蕭紅散文風格已經完全成形時期的作品。蕭紅的散文中相當一部分具有很強的自傳色彩，充滿對自己往昔經歷的回憶。本文同時回憶了父親和祖父兩個人，而他們的形象形成了鮮明的對比，父親冷酷貪婪，祖父慈祥善良，由此，蕭紅向讀者展示了自己在童年所看到的人間，這個人間就凝聚在她的家庭裏，是一個人性的美與醜、善與惡組成的黑白鮮明的世界。而全文在用對比的手法含蓄地寫出主題之後，最後一句卻毫無矯飾乾脆利落地抒發了「我」的感受。

祖父死了的時候

　　祖父總是有點兒變樣子，他喜歡流起眼淚來，同時過去很重要的事情他也忘掉。比方過去那一些他常講的故事，現在講起來，講了一半，下一半他就說：「我記不得了。」

　　某夜，他又病了一次，經過這一次病，他竟說：「給你三姑寫信，叫她來一趟，我不是四五年沒看過她嗎？」他叫我寫信給我已經死去五年的姑母。

　　那次離家是很痛苦的。學校來了開學通知信，祖父又一天一天地變樣起來。

　　祖父睡着的時候，我就躺在他的旁邊哭，好像祖父已經離開我死去似的，一面哭着一面抬頭看他凹陷的嘴唇。我若死掉祖父，就死掉我一生最重要的一個人，好像他死了就把人間一切「愛」和「溫暖」帶得空空虛虛。我的心被絲線紮住或鐵絲絞住了。

　　我聯想到母親死的時候。母親死以後，父親怎樣打我，又娶一個新母親來。這個母親很客氣，不打我，就是罵，也是指着桌子或椅子來罵我。客氣是越客氣了，但是冷淡了，疏遠了，生人一樣。

　　「到院子去玩玩吧！」祖父說了這話之後，在我的頭

上撞了一下，「喂！你看這是什麼？」一個黃金色的橘子落到我的手中。

夜間不敢到茅廁去，我說：「媽媽同我到茅廁去趟吧。」

「我不去！」

「那我害怕呀！」

「怕什麼？」

「怕什麼？怕鬼怕神？」父親也說話了，把眼睛從眼鏡上面看着我。

冬天，祖父已經睡下，赤着腳，開着鈕扣跟我到外面茅廁去。

學校開學，我遲到了四天。三月裏，我又回家一次，正在外面叫門，裏面小弟弟嚷着：「姐姐回來了！姐姐回來了！」大門開時，我就遠遠注意着祖父住着的那間房子。果然祖父的面孔和鬍子閃現在玻璃窗裏。我跳着笑着跑進屋去。但不是高興，只是心酸，祖父的臉色更慘淡更白了。等屋子裏一個人沒有時，他流着淚，他慌慌忙忙的一邊用袖口擦着眼淚，一邊抖動着嘴唇說：「爺爺不行了，不知早晚……前些日子好險沒跌……跌死。」

「怎麼跌的？」

「就是在後屋，我想去解手，招呼人，也聽不見，按電鈴也沒有人來，就得爬啦。還沒到後門口，腿顫，心跳，眼前發花了一陣就倒下去。沒跌斷了腰……人老了，有什麼用處！爺爺是八十一歲呢。」

「爺爺是八十一歲。」

「沒用了，活了八十一歲還是在地上爬呢！我想你看不着爺爺了，誰知沒有跌死，我又慢慢爬到炕上。」

我走的那天也是和我回來那天一樣，白色的臉的輪廓閃現在玻璃窗裏。

在院心我回頭看着祖父的面孔，走到大門口，在大門口我仍可看見，出了大門，就被門扇遮斷。

從這一次祖父就與我永遠隔絕了。雖然那次和祖父告別，並沒說出一個永別的字。我回來看祖父，這回門前吹着喇叭，幡杆挑得比房頭更高，馬車離家很遠的時候，我已看到高高的白色幡杆了，吹鼓手們的喇叭愴涼地在悲號。馬車停在喇叭聲中，大門前的白幡、白對聯、院心的靈棚、鬧嚷嚷許多人，吹鼓手們響起嗚嗚的哀號。

這回祖父不坐在玻璃窗裏，是睡在堂屋的板牀上，沒有靈魂地躺在那裏。我要看一看他白色的鬍子，可是怎樣看呢！拿開他臉上蒙着的紙吧，鬍子、眼睛和嘴都不會動了，他真的一點兒感覺也沒有了？我從祖父的袖管裏去摸他的手，手也沒有感覺了。祖父這回真死去了啊！

祖父裝進棺材去的那天早晨，正是後園裏玫瑰花開放滿樹的時候。我扯着祖父的一張被角，抬向靈前去。吹鼓手在靈前吹着大喇叭。

我怕起來，我號叫起來。

「咣咣！」黑色的，半尺厚的靈柩蓋子壓上去。

吃飯的時候，我飲了酒，用祖父的酒杯飲的。飯後我跑到後園玫瑰樹下去臥倒，園中飛着蜂子和蝴蝶，綠草的

清涼的氣味，這都和十年前一樣。可是十年前死了媽媽。媽媽死後我仍是在園中撲蝴蝶；這回祖父死去，我卻飲了酒。

過去的十年我是和父親打鬥着生活。在這期間我覺得人是殘酷的東西。父親對我是沒有好面孔的，對於僕人也是沒有好面孔的，他對於祖父也是沒有好面孔的。因為僕人是窮人，祖父是老人，我是個小孩子，所以我們這些完全沒有保障的人就落到他的手裏。後來我看到新娶來的母親也落到他的手裏，他喜歡她的時候便同她說笑，他惱怒時便罵她，母親漸漸也怕起父親來。

母親也不是窮人，也不是老人，也不是孩子，怎麼也怕起父親來呢？我到鄰家去看看，鄰家的女人也是怕男人。我到舅家去，舅母也是怕舅父。

我懂得的盡是些偏僻的人生。我想世間死了祖父，就沒有再同情我的人了；世間死了祖父，剩下的盡是些兇殘的人了。

我飲了酒，回想，幻想……

以後我必須不要家，到廣大的人羣中去，但我在玫瑰樹下顫怵了，人羣中沒有我的祖父。

所以我哭着，整個祖父死的時候我哭着。

這篇散文發表於 1935 年 7 月 28 日的《大同報》的副刊。祖父是蕭紅最愛的人,也是她最依戀最懷念的人。全文的重點在於通過許多細節上的描寫,讀者看到了失去這樣一個人時「我」的內心是如何煎熬。同時,這裏也運用了對比的手法,前面是對比父母和祖父在面對「我」寒夜裏任性撒嬌的不同反應,後面是「我」在母親和祖父去世後的不同表現。這樣寫來,「我」和祖父之間深厚得超越了一切的情感就呼之欲出了。

雪天

　　我直直是睡了一個整天，這使我不能再睡。小屋子漸漸從灰色變做黑色。

　　睡得背很痛，肩也很痛，並且也餓了。我下牀開了燈，在牀沿坐了坐，到椅子上坐了坐，扒一扒頭髮，揉擦兩下眼睛，心中感到幽長和無底，好像把我放下一個煤洞去，並且沒有燈籠，使我一個人走沉下去。屋子雖然小，在我覺得和一個荒涼的廣場樣，屋子牆壁離我比天還遠，那是說一切不和我發生關係；那是說我的肚子太空了！

　　一切街車街聲在小窗外鬧着。可是三層樓的過道非常寂靜。每走過一個人，我留意他的腳步聲，那是非常響亮的，硬底皮鞋踏過去，女人的高跟鞋更響亮而且焦急，有時成羣的響聲，男男女女穿插着過了一陣。我聽遍了過道上一切引誘我的聲音，可是不用開門看，我知道郎華還沒回來。

　　小窗那樣高，囚犯住的屋子一般，我仰起頭來，看見那一些紛飛的雪花從天空忙亂地跌落，有的也打在玻璃窗片上，即刻就消融了，變成水珠滾動爬行着，玻璃窗被它畫成沒有意義、無組織的條紋。

我想：雪花為什麼要翩飛呢？多麼沒有意義！忽然我又想：我不也是和雪花一般沒有意義嗎？坐在椅子裏，兩手空着，什麼也不做；口張着，可是什麼也不吃。我十分和一架完全停止了的機器相像。

過道一響，我的心就非常跳，那該不是郎華的腳步？一種穿軟底鞋的聲音，嚓嚓來近門口，我彷彿是跳起來，我心害怕：他凍得可憐了吧？他沒有帶回麵包來吧？

開門看時，茶房站在那裏：

「包夜飯嗎？」

「多少錢？」

「每份六角。包月十五元。」

「……」我一點都不遲疑地搖着頭，怕是他把飯送進來強迫我吃似的，怕他強迫向我要錢似的。茶房走出，門又嚴肅地關起來。一切別的房中的笑聲，飯菜的香氣都斷絕了，就這樣用一道門，我與人間隔離着。

一直到郎華回來，他的膠皮底鞋擦在門檻，我才止住幻想。茶房手上的托盤，盛着肉餅、炸黃的番薯、切成大片有彈力的麵包……

郎華的夾衣上那樣濕了，已濕的褲管拖着泥。鞋底通了孔，使得襪也濕了。

他上牀暖一暖，腳伸在被子外面，我給他用一張破布擦着腳上冰涼的黑圈。

當他問我時，他和呆人一般，直直的腰也不彎：

「餓了吧？」

我幾乎是哭了。我説：「不餓。」為了低頭，我的臉幾乎接觸到他冰涼的腳掌。

他的衣服完全濕透，所以我到馬路旁去買饅頭。就在光身的木桌上，刷牙缸冒着氣，刷牙缸伴着我們把饅頭吃完。饅頭既然吃完，桌上的銅板也要被吃掉似的。他問我：

「夠不夠？」

我説：「夠了。」我問他：「夠不夠？」

他也説：「夠了。」

隔壁的手風琴唱起來，它唱的是生活的痛苦嗎？手風琴淒淒涼涼地唱呀！

登上桌子，把小窗打開。這小窗是通過人間的孔道：樓頂，煙囱，飛着雪沉重而濃黑的天空，路燈，警察，街車，小販，乞丐，一切顯現在這小孔道，繁繁忙忙的市街發着響。

隔壁的手風琴在我們耳裏不存在了。

賞析

本文選自蕭紅的散文集《商市街》，1936 年 8 月由上海文化生活出版社出版。這篇散文講述了蕭紅與蕭軍之間的愛情生活，但這樣的愛情並非無憂和甜蜜的，而是難以下嚥的苦澀，伴隨着飢腸轆轆的恐慌。文中有一段對話，兩人互相重複着「夠不夠」、「夠了」這顯然明知故問的詢問和口是心非的回答，使讀者更加感受到物質匱乏到極點時的絕望和無助。

度日

天色連日陰沉下去，一點光也沒有，完全灰色，灰得怎樣程度呢？那和墨汁混到水盆中一樣。

火爐台擦得很亮了，碗、筷子、小刀擺在格子上。清早起第一件事點起火爐來，而後擦地板，鋪牀。

爐鐵板燒得很熱時，我便站到火爐旁燒飯，刀子、匙子弄得很響。爐火在爐腔裏起着小的爆炸，飯鍋騰着氣，葱花炸到油裏，發出很香的烹調的氣味。我細看葱花在油邊滾着，漸漸變黃起來。……小洋刀好像剝着梨皮一樣，把土豆刮得很白，很好看，去了皮的土豆呈乳黃色，柔和而有彈力。爐台上鋪好一張紙，把土豆再切成薄片。飯已熟，土豆煎好。打開小窗望了望，院心幾條小狗在戲耍。

家庭教師還沒有下課，菜和米香引我回到爐前再吃兩口，用匙子調一下飯，再調一下菜，很忙的樣子像在偷吃。在地板上走了又走，一個鐘頭的課程還不到嗎？於是再打開鍋蓋吞下幾口。再從小窗望一望。我快要吃飽的時候，他才回來。習慣上知道一定是他，他都是在院心大聲弄着嗓子響。我藏在門後等他，有時候我不等他尋到，就作着怪聲跳出來。

早飯吃完以後，就是洗碗，刷鍋，擦爐台，擺好木格子。

假如有錶，怕是十一點還多了！

再過三四個鐘頭，又是燒晚飯。他出去找職業，我在家裏燒飯，我在家裏等他。火爐台，我開始圍着它轉走起來。每天吃飯，睡覺，愁柴，愁米……

這一切給我一個印象：這不是孩子時候了，是在過日子，開始過日子。

本文同樣出自《商市街》，描寫的也是在哈爾濱商市街 25 號的生活，蕭紅和蕭軍一起住在這裏。與前一篇《雪天》有所不同的是，這篇散文的基調相對來說比較輕鬆，表現了商市街時期蕭紅生活的另一面，那就是與愛人傾心廝守的温暖和愉悦。蕭紅用簡單的幾個情節——在爐灶間忙碌、貪戀菜香先吃幾口、聽見愛人的腳步聲便躲在門後——勾勒了一幅頗有生活情趣的動感畫面，畫中人的舉手投足都像是一個心滿意足的小婦人。正如散文的標題和結尾處所說的，這正是「日子」所應該有的本來面目。只是對於蕭紅淒苦的一生來說，像這樣的平凡「日子」，卻是十分珍貴的。

決意

　　非走不可，環境雖然和緩下來，不走是不行，幾月走呢？

　　五月吧！

　　從現在起還有五個月，在燈下計算了又計算，某個朋友要拿他多少錢，某個朋友該向他拿路費的一半。……

　　在心上一想到走，好像一件興奮的事，也好像一件傷心的事，於是我的手一邊在倒茶，一邊發抖。

　　「流浪去吧！哈爾濱也並不是家，要麼流浪去吧！」**郎華**①端一端茶杯，沒有喝，又放下。

　　眼淚已經充滿着我了。

　　「傷感什麼，走去吧！有我在身邊，走到哪裏你也不要怕。傷感什麼，**老悄**②，不要傷感。」

　　我垂下頭説：「這些鍋怎麼辦呢？」

　　「真是小孩子，鍋，碗又算得什麼？」

　　我從心笑了，我覺到自己好笑。在地上繞了個圈子，

---

① **郎華**：即蕭軍。蕭紅把自己和蕭軍融入作品裏。
② **老悄**：即蕭紅。「悄吟」是她的筆名。

可是心中總有些悲哀，於是又垂下了頭。

劇團的徐同志不是出來了嗎？不是被灌了涼水嗎？我想到這裏，想到一個人，被弄了去，灌涼水，打象皮鞭子，那已經不成個人了。走吧，非走不可。

 賞析

本文描寫的是 1934 年初蕭紅因參與抗日宣傳受到偽滿當局迫害與威脅，不得不和蕭軍一起逃離哈爾濱時緊張不安的心情。蕭紅從一個小康地主家養尊處優的大小姐，心裏只想着讀書畫畫的女學生，突然間變成一個總是在忍飢挨餓的赤貧家庭婦女，經歷人生境遇如此巨大的顛覆和倒轉，蕭紅的文字中卻鮮見激烈的情緒波動。在這篇小散文中，即使處在危急關頭，她仍然把筆觸聚焦在細枝末節和人物之間平淡的對話上，不去渲染反抗者的激情，也不誇飾被迫害的憤慨，一切都是那麼自然地流露，以女性特有的細膩和敏銳，展露了戰亂年代不堪的時局下，折射在一個小家庭、一個年輕女人身上的無奈、恐懼和迷茫。

感情的碎片

近來覺得眼淚常常充滿着眼睛，熱的，它們常常會使我的眼圈發燒。然而它們一次也沒有滾落下來。有時候它們站到了眼毛的尖端，閃耀看玻璃似的液體，每每在鏡子裏面看到。

一看到這樣的眼睛，又好像回到了母親死的時候。母親並不十分愛我，但也總算是母親。她病了三天了，是七月的末梢，許多醫生來過了，他們騎着白馬，坐着三輪車，但那最高的一個，他用銀針在母親的腿上刺了一下，他說：

「血流則生，不流則亡。」

我確確實實看到那針孔是沒有流血，只是母親的腿上憑空多了一個黑點。醫生和別人都退了出去，他們在堂屋裏議論着。我背向了母親，我不再看她腿上的黑點。我站着。

「母親就要沒有了嗎？」我想。

大概就是她極短的清醒的時候：

「……你哭了嗎？不怕，媽死不了！」

我垂下頭去，扯住了衣襟，母親也哭了。

而後我站到房後擺着花盆的木架旁邊去。我從衣袋取出來母親買給我的小洋刀。

「小洋刀丟了就從此沒有了吧？」於是眼淚又來了。

花盆裏的金百合映着我的眼睛，小洋刀的閃光映着我的眼睛。眼淚就再沒有流落下來，然而那是熱的，是發炎的。但那是孩子的時候。

而今則不應該了。

 賞析

這篇散文刊載於 1937 年 4 月 10 日的《好文章》第七期上，是一篇憶母之作。蕭紅對親生母親有着複雜的情感。她深信母親並不愛自己，因為在她的記憶中，母親對她的態度總是生硬冷漠。但是，母女之間有一種天然的紐帶。當女兒遭遇到無法向他人言說的悲傷，她總是會自然而然地向母親尋求情感的慰藉，尤其是這種悲傷與愛情有關的時候。1936 年，蕭軍和一位 H 夫人墮入情網。蕭紅因此深受打擊，最終獨自離開上海去了日本。這時的蕭紅異常脆弱，渴望着母愛的保護。可惜她 8 歲時就已經失去了母愛了，母親又長期在她的心靈裏扮演殘酷無愛的角色，她只能借助文字複述的力量，打破記憶的堅殼，尋找在心底隱藏得很深的母親的真實形象，獲取暫時的溫暖。

失眠之夜

為什麼要失眠呢！煩躁，噁心，心跳，膽小，並且想要哭泣。我想想，也許就是故鄉的思慮罷。

窗子外面的天空高遠了，和白棉一樣綿軟的雲彩低近了，吹來的風好像帶點兒草原的氣味，這就是說已經是秋天了。

在家鄉那邊，秋天最可愛。

藍天藍得有點兒發黑，白雲就像銀子做成的一樣，就像白色的大花朵似的點綴在天上；又像沉重得快要脫離開天空而墜了下來似的，而那天空就越顯得高了，高得再沒有那麼高的。

昨天我到朋友們的地方走了一遭，聽來了好多的心願（那許多心願綜合起來，又都是一個心願）。這回若真的打回滿洲去，有的說，煮一鍋高粱米粥喝；有的說，咱家那地豆多麼大！說着就用手比量着，這麼碗大；珍珠米，老的一煮就開了花的，一尺來長的；還有的說，高粱米粥、鹹鹽豆。還有的說，若真的打回滿洲去，三天兩夜不吃飯，打着大旗往家跑。跑到家去自然也免不了先吃高粱米粥或鹹鹽豆。

　　比方高粱米那東西，平常我就不願吃，很硬，有點兒發澀（也許因為我有胃病的關係），可是經他們這一説，也覺得非吃不可了。

　　但是什麼時候吃呢？那我就不知道了。而況我到底是不怎樣熱烈的，所以關於這一方面，我終究不怎樣親切。

　　但我想我們那門前的蒿草，我想我們那後園裏開着的茄子的紫色的小花，黃瓜爬上了架。而那清早，朝陽帶着露珠一齊來了！

　　我一説到蒿草或黃瓜，三郎就向我擺手或搖頭：「不，我們家，門前是兩棵柳樹，樹蔭交織着做成門形。再前面是菜園，過了菜園就是山。那金字塔形的山峯正向着我們

家的門口，而兩邊像蝙蝠的翅膀似的向着村子的東方和西方伸展開去。而後園黃瓜、茄子也種着，最好看的是牽牛花在石頭牆的縫隙爬遍了，早晨帶着露水牽牛花開了……」

「我們家就不這樣，沒有高山，也沒有柳樹……只有……」我常常這樣打斷他。

有時候，他也不等我說完，他就接下去。我們講的故事，彼此都好像是講給自己聽，而不是為着對方。

只有那麼一天，他買來了一張《東北富源圖》掛在牆上了，染着黃色的半原上站着小馬、小羊，還有駱駝，還有牽着駱駝的小人；海上就是些小魚，大魚，黃色的魚，紅色的好像小瓶似的大肚的魚，還有黑色的大鯨魚；而興安嶺和遼寧一帶畫着許多和海濤似的綠色的山脈。

他的家就在離着渤海不遠的山脈中，他的指甲在山脈上爬着：「這是大凌河……這是小凌河……哼……沒有，這個地圖是個不完全的，是個略圖……」

「好哇！天天說凌河，哪有凌河呢！」我不知為什麼一提到家鄉，常常願意給他掃興一點兒。

「你不相信！我給你看。」他去翻他的書櫥去了，「這不是大凌河……小凌河……小孩的時候在凌河沿上捉小魚，拿到山上去，在石頭上用火烤着吃……這邊就是沈家台，離我們家二里路……」因為是把地圖攤在地板上看的緣故，一面說着，他一面用手掃着他已經垂在前額的髮梢。

《東北富源圖》就掛在牀頭，所以第二天早晨，我一張開了眼睛，他就抓住了我的手：

「我想將來我回家的時候，先買兩頭驢，一頭你騎着，一頭我騎着……先到我姑姑家，再到我姐姐家……順便也許看看我的舅舅去……我姐姐很愛我……她出嫁以後，每回來一次就哭一次，姐姐一哭，我也哭……這有七八年不見了！也都老了。」

那地圖上的小魚，紅的，黑的，都能夠看清，我一邊看着，一邊聽着，這一次我沒有打斷他，或給他掃一點興。

「買黑色的驢，掛着鈴子，走起來……鐺鄉鄉，鐺鄉鄉鄉……」他形容着鈴音的時候，就像他的嘴裏邊含着鈴子似的在響。

「我帶你到沈家台去趕集。那趕集的日子，熱鬧！驢身上掛着燒酒瓶……我們那邊，羊肉非常便宜……羊肉燉片粉……真有味道！唉呀！這有多少年沒吃那羊肉啦！」他的眉毛和額頭上起着很多皺紋。

我在大鏡子裏邊看了他，他的手從我的手上抽回去，放在他自己的胸上，而後又背着放在枕頭下面去，但很快地又抽出來。只理一理他自己的髮梢又放在枕頭上去。

而我，我想：

「你們家對於外來的所謂『媳婦』也一樣嗎？」我想着這樣説了。

這失眠大概也許不是因為這個。但買驢子的買驢子，吃鹹鹽豆的吃鹹鹽豆，而我呢？坐在驢子上，所去的仍是生疏的地方，我停着的仍然是別人的家鄉。

家鄉這個觀念，在我本不甚切的，但當別人説起來的

時候，我也就心慌了！雖然那塊土地在沒有被日本佔領之前，「家」在我就等於沒有了。

這失眠一直繼續到黎明之前，在高射炮聲中，我也聽到了一聲聲和家鄉一樣的震抖在原野上的雞鳴。

 賞析

本文發表於 1937 年 10 月 16 日的《七月》第一卷第一期。這時的蕭紅止與大批文化人士一起，在烽煙四起的國土上流亡。在這篇散文裏，蕭紅抒發了對淪陷多年的家園的懷念，這正是當時的抗戰文藝所需要的。只是當作家們都在吶喊着激勵着民眾起來抗擊外侮時，蕭紅的寫法還是那樣與眾不同。她寫這篇思鄉的文章，像是端坐在一幅白卷前，手持想像的畫筆，悠然地塗抹着故鄉所具有的一切色彩，一層層疊加暈染，不疾不徐，不喜不悲，加上富有她個人特色的對話的描寫，宛如在風景間點上生動的人影。當整幅畫完成，她才道出這美麗的畫面背後思念家鄉的流浪者的傷感，令全文的情感都盪漾活躍起來了。

回憶魯迅先生（節選）

魯迅先生的笑聲是明朗的，是從心裏的歡喜。若有人說了什麼可笑的話，魯迅先生笑得連煙卷都拿不住了，常常是笑得咳嗽起來。

魯迅先生走路很輕捷，尤其使人記得清楚的，是他剛抓起帽子來往頭上一扣，同時左腿就伸出去了，彷彿不顧一切地走去。

魯迅先生不大注意人的衣裳，他說：「誰穿什麼衣裳我看不見得……」

魯迅先生的病剛好了一點兒，他坐在躺椅上抽着煙，那天我穿着新奇的大紅的上衣，很寬的袖子。

魯迅先生說：「這天氣悶熱起來，這就是梅雨天。」他把他裝在象牙煙嘴上的香煙，又用手裝得緊一點兒，往下又說了別的。

許先生[①]忙着家務，跑來跑去，也沒有對我的衣裳加以鑒賞。

---

① **許先生**：許廣平（1898—1968），魯迅的第二任妻子，原為魯迅的學生。兩人育有一子（周海嬰 1929—2011）。

於是我說：「周先生，我的衣裳漂亮不漂亮？」

魯迅先生從上往下看了一眼：「不大漂亮。」

過了一會兒又接着說：「你的裙子配的顏色不對，並不是紅上衣不好看，各種顏色都是好看的，紅上衣要配紅裙子，不然就是黑裙子，咖啡色的就不行了；這兩種顏色放在一起很渾濁……你沒看到外國人在街上走的嗎？絕沒有下邊穿一件綠裙子，上邊穿一件紫上衣，也沒有穿一件紅裙子而後穿一件白上衣的……」

魯迅先生就在躺椅上看着我：「你這裙子是咖啡色的，還帶格子，顏色渾濁得很，所以把紅色衣裳也弄得不漂亮了。」

「……人瘦不要穿黑衣裳，人胖不要穿白衣裳；腳長的女人一定要穿黑鞋子，腳短就一定要穿白鞋子；方格子的衣裳胖人不能穿，但比橫格子的還好；橫格子的胖人穿上，就把胖子更往兩邊裂着，更橫寬了，胖子要穿豎條子的，豎的把人顯得長，橫的把人顯的寬……」

那天魯迅先生很有興致，把我一雙短筒靴子也略略批評一下，說我的短靴是軍人穿的，因為靴子的前後都有一條線織的拉手，這拉手據魯迅先生說是放在褲子下邊的……

我說：「周先生，為什麼那靴子我穿了多久了而不告訴我，怎麼現在才想起來呢？現在我不是不穿了嗎？我穿的這不是另外的鞋嗎？」

「你不穿我才說的，你穿的時候，我一說你該不穿

了。」

那天下午要赴一個宴會去，我要許先生給我找一點兒布條或綢條束一束頭髮。許先生拿了來米色的綠色的還有桃紅色的。經我和許先生共同選定的是米色的。為着取美，把那桃紅色的，許先生舉起來放在我的頭髮上，並且許先生很開心地説着：

「好看吧！多漂亮！」

我也非常得意，很規矩又頑皮地在等着魯迅先生往這邊看我們。

魯迅先生這一看，臉是嚴肅的，他的眼皮往下一放向着我們這邊看着：

「不要那樣裝飾她……」

許先生有點兒窘了。

我也安靜下來。

魯迅先生在**北平**①教書時，從不發脾氣，但常常好用這種眼光看人，許先生常跟我講。她在女師大讀書時，周先生在課堂上，一生氣就用眼睛往下一掠，看着他們，這種眼光是魯迅先生在記范愛農先生的文字曾自己述説過，而誰曾接觸過這種眼光的人就會感到一個曠代的全智者的催逼。

我開始問：「周先生怎麼也曉得女人穿衣裳的這些事情呢？」

---

① **北平**：北京舊稱。

「看過書的，關於美學的。」

「什麼時候看的……」

「大概是在日本讀書的時候……」

「買的書嗎？」

「不一定是買的，也許是從什麼地方抓到就看的……」

「看了有趣味嗎?!」

「隨便看看……」

「周先生看這書做什麼？」

「……」沒有回答，好像很難以答。

許先生在旁說：「周先生什麼書都看的。」

在魯迅先生家裏作客，剛開始是從法租界來到虹口，搭電車也要差不多一個鐘頭的工夫，所以那時候來的次數比較少。記得有一次談到半夜了，一過十二點電車就沒有的，但那天不知講了些什麼，講到一個段落就看看旁邊小長桌上的圓鐘，十一點半了，十一點四十五分了，電車沒有了。

「反正已十二點，電車也沒有，那麼再坐一會兒。」許先生如此勸着。

魯迅先生好像聽了所講的什麼引起了幻想，安頓地舉着象牙煙嘴在沉思着。

一點鐘以後，送我（還有別的朋友）出來的是許先生，外邊下着濛濛的小雨，弄堂裏燈光全然滅掉了，魯迅先生囑咐許先生一定讓坐小汽車回去，並且一定囑咐許先生付

錢。

以後也住到北四川路來，就每夜飯後必到大陸新村來了，颶風的天，下雨的天，幾乎沒有間斷的時候。

魯迅先生很喜歡北方飯，還喜歡吃油炸的東西，喜歡吃硬的東西，就是後來生病的時候，也不大吃牛奶。雞湯端到旁邊用調羹舀了一兩下就算了事。

有一天約好我去包餃子吃，那還是住在法租界，所以帶了外國酸菜和用絞肉機絞成的牛肉，就和許先生站在客廳後邊的方桌邊包起來。海嬰公子圍着鬧得起勁，一會兒按成圓餅的麵拿去了，他說做了一隻船來，送在我們的眼前，我們不看他，轉身他又做了一隻小雞。許先生和我都不去看他，對他竭力避免加以讚美，若一讚美起來，怕他更做得起勁。

客廳後邊沒到黃昏就先黑了，背上感到些微微的寒涼，知道衣裳不夠了，但為着忙，沒有加衣裳去。等把餃子包完了，看看那數目並不多，這才知道許先生與我們談話談得太多，誤了工作。許先生怎樣離開家的，怎樣到天津讀書的，在女師大讀書時怎樣做了家庭教師。她去考家庭教師的那一段描寫，非常有趣，只取一名，可是考了好幾十名，她之能夠當選算是難的了。指望對於學費有點兒補助，冬天來了，北平又冷，那家離學校又遠，每月除了車子錢之外，若傷風感冒還得自己拿出買阿司匹林的錢來，每月薪金十元要從西城跑到東城……

餃子煮好，一上樓梯，就聽到樓上明朗的魯迅先生的

笑聲衝下樓梯來，原來有幾個朋友在樓上也正談得熱鬧。那一天吃得是很好的。

以後我們又做過韭菜盒子，又做過荷葉餅，我一提議，魯迅先生必然贊成，而我做的又不好，可是魯迅還是在桌上舉着筷子問許先生：「我再吃幾個嗎？」

因為魯迅先生胃不大好，每飯後必吃「脾自美」藥丸一二粒。

有一天下午魯迅先生正在校對着瞿秋白的《海上述林》，我一走進臥室去，從那圓轉椅上魯迅先生轉過來了，向着我，還微微站起了一點兒。

「好久不見，好久不見。」一邊說着一邊向我點頭。

剛剛我不是來過了嗎？怎麼會好久不見？就是上午我來的那次周先生忘記了，可是我也每天來呀……怎麼都忘記了嗎？

周先生轉身坐在躺椅上才自己笑起來，他是在開着玩笑。

梅雨季節，很少有晴天，一天的上午剛一放晴，我高興極了，就到魯迅先生家去了，跑得上樓還喘着。魯迅先生說：「來啦！」我說：「來啦！」

我喘着連茶也喝不下。

魯迅先生就問我：

「有什麼事嗎？」

我說：「天晴啦，太陽出來啦。」

許先生和魯迅先生都笑着，一種對於衝破憂鬱心境的嶄然的會心的笑。

海嬰一看到我非拉我到院子裏和他一道玩不可，拉我的頭髮或拉我的衣裳。

為什麼他不拉別人呢？據周先生說：「他看你梳着辮子，和他差不多，別人在他眼裏都是大人，就看你小。」

許先生問着海嬰：「你為什麼喜歡她呢？不喜歡別人？」

「她有小辮子。」說着就來拉我的頭髮。

魯迅先生家生客人很少，幾乎沒有，尤其是住在他家裏的人更沒有。一個禮拜六的晚上，在二樓上魯迅先生的臥室裏擺好了晚飯，圍着桌子坐滿了人。每逢禮拜六晚上都是這樣的，周建人先生帶着全家來拜訪的。在桌子邊坐着一個很瘦的很高的穿着中國小背心的人，魯迅先生介紹說：「這是位同鄉，是商人。」

初看似乎對的，穿着中國褲子，頭髮剃得很短。當吃飯時，他還讓別人酒，也給我倒一盅，態度很活潑，不大像個商人；等吃完了飯，又談到《偽自由書》及《二心集》。這個商人，開明得很，在中國不常見。沒有見過的就總不大放心。

下一次是在樓下客廳後的方桌上吃晚飯，那天很晴，一陣陣地颳着熱風，雖然黃昏了，客廳後還不昏黑。魯迅先生是新剪的頭髮，還能記得桌上有一盤黃花魚，大概是順着魯迅先生的口味，是用油煎的。魯迅先生前面擺着一碗酒，酒碗是扁扁的，好像用做吃飯的飯碗。那位商人先

生也能喝酒，酒瓶就站在他的旁邊。他說蒙古人什麼樣，苗人什麼樣，從西藏經過時，那西藏女人見了男人追她，她就如何如何。

這商人可真怪，怎麼專門走地方，而不做買賣？並且魯迅先生的書他也全讀過，一開口這個，一開口那個。並且海嬰叫他 × 先生，我一聽那 × 字就明白他是誰了。× 先生常常回來得很遲，從魯迅先生家裏出來，在弄堂裏遇到了幾次。

有一天晚上 × 先生從三樓下來，手裏提着小箱子，身上穿着長袍子，站在魯迅先生的面前，他說他要搬了。他告了辭，許先生送他下樓去了。這時候周先生在地板上繞了兩個圈子，問我說：

「你看他到底是商人嗎？」

「是的。」我說。

魯迅先生很有意思地在地板上走幾步，而後向我說：「他是販賣私貨的商人，是販賣精神上的……」

× 先生走過二萬五千里回來的。

青年人寫信，寫得太草率，魯迅先生是深惡痛絕之的。

「字不一定要寫得好，但必須得使人一看了就認識，年輕人現在都太忙了……他自己趕快胡亂寫完了事，別人看了三遍五遍看不明白，這費了多少工夫，他不管。反正這費了功夫不是他的。這存心是不太好的。」

但他還是展讀着每封由不同角落裏投來的青年的信，

眼睛不濟時，便戴起眼鏡來看，常常看到夜裏很深的時光。

　　魯迅先生坐在電影院樓上的第一排，那片名忘記了，新聞片是蘇聯紀念「五一」節的紅場。

　　「這個我怕看不到的……你們將來可以看得到。」魯迅先生向我們周圍的人說。

　　珂勒惠支的畫魯迅先生最佩服，同時也很佩服她的做人。珂勒惠支受希特勒的壓迫，不准她做教授，不准她畫畫，魯迅先生常講到她。

　　史沫特萊，魯迅先生也講到，她是美國女子，幫助印度獨立運動，現在又在援助中國。

　　魯迅先生介紹人去看的電影：《夏伯陽》，《復仇豔遇》……其餘的如《人猿泰山》……或者非洲的怪獸這一類的影片，也常介紹給人的。魯迅先生說：「電影沒有什麼好的，看看鳥獸之類倒可以增加些對於動物的知識。」

　　魯迅先生不遊公園，住在上海十年，兆豐公園沒有進過。虹口公園這麼近也沒有進過。春天一到了，我常告訴周先生，我說公園裏的土鬆軟了，公園裏的風多麼柔和。周先生答應選個晴好的天氣，選個禮拜日，海嬰休假日，好一道去，坐一乘小汽車一直開到兆豐公園，也算是短途旅行。但這只是想着而未有做到，並且把公園給下了定義。魯迅先生說：「公園的樣子我知道的……一進門分做兩條

路，一條通左邊，一條通右邊，沿着路種着點兒柳樹什麼樹的，樹下擺着幾張長椅子，再遠一點兒有個水池子。」

我是去過兆豐公園的，也去過虹口公園或是法國公園的，彷彿這個定義適用在任何國度的公園設計者。

魯迅先生不戴手套，不圍圍巾，冬天穿着黑土藍的棉布袍子，頭上戴着灰色氈帽，腳穿黑帆布膠皮底鞋。

膠皮底鞋夏天特別熱，冬天又涼又濕，魯迅先生的身體不算好，大家都提議把這鞋子換掉。魯迅先生不肯，他說膠皮底鞋子走路方便。

「周先生一天走多少路呢？也不就一轉彎到×××書店走一趟嗎？」

魯迅先生笑而不答。

「周先生不是很好傷風嗎？不圍巾子，風一吹不就傷風了嗎？」

魯迅先生這些個都不習慣，他說：

「從小就沒戴過手套圍巾，戴不慣。」

魯迅先生一推開門從家裏出來時，兩隻手露在外邊，很寬的袖口衝着風就向前走，腋下夾着個黑綢子印花的包袱，裏邊包着書或者是信到老靶子路書店去了。

那包袱每天出去必帶出去，回來必帶回來。出去時帶着給青年們的信，回來又從書店帶來新的信和青年請魯迅先生看的稿子。

魯迅先生抱着印花包袱從外邊回來，還得提着一把傘，一進門客廳早坐着客人，把傘掛在衣架上就陪客人談起話

來。談了很久了，傘上的水滴順着傘杆在地板上已經聚了一堆水。

魯迅先生上樓去拿香煙，抱着印花包袱，而那把傘也沒有忘記，順手也帶到樓上去。

魯迅先生的記憶力非常之強，他的東西從不隨便散置在任何地方。魯迅先生很喜歡北方口味。許先生想請一個北方廚子，魯迅先生以為開銷太大，請不得的，男備人至少要十五元錢的工錢。

所以買米買炭都是許先生下手。我問許先生為什麼用兩個女備人都是年老的，都是六七十歲的？許先生說她們做慣了，海嬰的保姆，是海嬰幾個月時就在這裏的。

正說着，那矮胖胖的保姆走下樓梯來了，和我們打了個迎面。

「先生，沒吃茶嗎？」她趕快拿了杯子去倒茶，那剛剛下樓時氣喘的聲音還在喉管裏咕嚕咕嚕的，她確實年老了。

來了客人，許先生沒有不下廚房的，菜食很豐富，魚、肉……都是用大碗裝着，起碼四五碗，多則七八碗。可是平常就只三碗菜：一碗素炒豌豆苗，一碗筍炒鹹菜，再一碗黃花魚。

這菜簡單到極點。

魯迅先生的原稿，在拉都路一家炸油條的那裏用着包油條，我得到了一張，是譯《死魂靈》的原稿，寫信告訴了魯迅先生。魯迅先生不以為稀奇，許先生倒很生氣。

魯迅先生出書的**校樣**①，都用來**揩**②桌，或做什麼的。請客人在家裏吃飯，吃到半道，魯迅先生回身去拿來校樣給大家分着。客人接到手裏一看，這怎麼可以？魯迅先生説：

「擦一擦，拿着雞吃，手是膩的。」

到洗澡間去，那邊也擺着校樣紙。

許先生從早晨忙到晚上，在樓下陪客人，一邊還手裏打着毛線。不然就是一濤談着話，一邊站起來用手摘掉花盆裏花上已乾枯了的葉子。許先生每送一個客人，都要送到樓下門口，替客人把門開開，客人走出去而後輕輕地關了門再上樓來。

來了客人還到街上去買魚或買雞，買回來還要到廚房裏去工作。

魯迅先生臨時要寄一封信，就得許先生換起皮鞋子來到郵局或者大陸新村旁邊信筒那裏去。落着雨天，許先生就打起傘來。

許先生是忙的，許先生的笑是愉快的，但是頭髮有一些是白了的。

夜裏去看電影，施高塔路的汽車房只有一輛車，魯迅先生一定不坐，一定讓我們坐。許先生，周建人夫人……

---

① **校樣**：書籍出版前用作查對的樣本。
② **揩**：擦、抹。揩 kāi，粵音鞋¹。

海嬰，周建人先生的三位女公子。我們上車了。

魯迅先生和周建人先生，還有別的一二位朋友在後邊。

看完了電影出來，又只叫到一部汽車，魯迅先生又一定不肯坐，讓周建人先生的全家坐着先走了。

魯迅先生旁邊走着海嬰，過了蘇州河的大橋去等電車去了。等了二三十分鐘電車還沒有來，魯迅先生依着沿蘇州河的鐵欄杆坐在橋邊的石圍上了，並且拿出香煙來，裝上煙嘴，悠然地吸着煙。

海嬰不安地來回地亂跑，魯迅先生還招呼他和自己並排坐下。

魯迅先生坐在那兒和一個鄉下的安靜老人一樣。

魯迅先生吃的是清茶，其餘不吃別的飲料。咖啡、可可、牛奶、汽水之類，家裏都不預備。

魯迅先生陪客人到深夜，必同客人一道吃些點心。那餅乾就是從舖子裏買來的，裝在餅乾盒子裏，到夜深許先生拿着碟子取出來，擺在魯迅先生的書桌上。吃完了，許先生打開立櫃再取一碟。還有向日葵子差不多每來客人必不可少。魯迅先生一邊抽着煙，一邊剝着瓜子吃，吃完了一碟，魯迅先生必請許先生再拿一碟來。

魯迅先生備有兩種紙煙，一種價錢貴的，一種便宜的。便宜的是綠聽子的，我不認識那是什麼牌子，只記得煙頭上帶着黃紙的嘴，每五十支的價錢大概是四角到五角，是

魯迅先生自己平日用的。另一種是白聽子的，是前門煙，用來招待客人的，白聽煙放在魯迅先生書桌的抽屜裏。來客人，魯迅先生下樓，把它帶到樓下去，客人走了，又帶回樓上來照樣放在抽屜裏。而綠聽子的永遠放在書桌上，是魯迅先生隨時吸着的。

魯迅先生的休息，不聽留聲機，不出去散步，也不倒在牀上睡覺，魯迅先生自己說：「坐在椅子上翻一翻書就是休息了。」

魯迅先生從下午二三點鐘起就陪客人，陪到五點鐘，陪到六點鐘，客人若在家吃飯，吃完飯又必要在一起喝茶，或者剛剛吃完茶走了，或者還沒走又來了客人，於是又陪下去，陪到八點鐘、十點鐘，常常陪到十二點鐘。從下午三點鐘起，陪到夜裏十二點，這麼長的時間，魯迅先生都是坐在藤躺椅上，不斷地吸着煙。

客人一走，已經是下半夜了，本來已經是睡覺的時候了，可是魯迅先生正要開始工作。

在工作之前，他稍微闔一闔眼睛，燃起一支煙來，躺在牀邊上，這一支煙還沒有吸完，許先生差不多就在牀裏邊睡着了。（許先生為什麼睡得這樣快？因為第二天早晨六七點鐘就要來管理家務。）海嬰這時在三樓和保姆一道睡着了。

全樓都寂靜下去，窗外也一點兒聲音沒有了，魯迅先生站起來，坐到書桌邊，在那綠色的枱燈下開始寫文章了。

許先生説雞鳴的時候，魯迅先生還是坐着，街上的汽車嘟嘟地叫起來了，魯迅先生還是坐着。

有時許先生醒了，看着玻璃窗白薩薩的了，燈光也不顯得怎麼亮了，魯迅先生的背影不像夜裏那樣高大。

魯迅先生的背影是灰黑色的，仍舊坐在那裏。

人家都起來了，魯迅先生才睡下。

海嬰從三樓下來了，背着書包，保姆送他到學校去，經過魯迅先生的門前，保姆總是吩咐他説：

「輕一點兒走，輕一點兒走。」

魯迅先生剛一睡下，太陽就高起來了，太陽照着隔院子的人家明亮亮的，照着魯迅先生花園的夾竹桃明亮亮的。

魯迅先生的書桌整整齊齊的，寫好的文章壓在書下邊，毛筆在燒瓷的小龜背上站着。

一雙拖鞋停在牀下，魯迅先生在枕頭上邊睡着了。

魯迅先生喜歡吃一點兒酒，但是不多吃，吃半小碗或一碗。魯迅先生吃的是中國酒，多半是花雕。

老靶子路有一家小吃茶店，只有門面一間，在門面裏邊設座，座少，安靜，光線不充足，有些冷落。魯迅先生常到這裏吃茶點來，有約會多半是在這裏邊，老闆是猶太人也許是白俄，胖胖的，中國話大概他聽不懂。

魯迅先生這一位老人，穿着布袍子，有時到這裏來，泡一壺紅茶，和青年人坐在一道談了一兩個鐘頭。

有一天，魯迅先生的背後那茶座裏邊坐着一位摩登女子，身穿紫裙子、黃衣裳，頭戴花帽子……那女子臨走時，魯迅先生一看她，用眼瞪着她，很生氣地看了她半天。而後說：

「是做什麼的呢？」

魯迅先生對於穿着紫裙子、黃衣裳、花帽子的人就是這樣看法的。

…………

一九三六年三月裏魯迅先生病了，靠在二樓的躺椅上，心臟跳動得比平日厲害，臉色微灰了一點兒。

許先生正相反的，臉色是紅的，眼睛顯得大了，講話的聲音是平靜的，態度並沒有比平日慌張。在樓下一走進客廳來，許先生就告訴說：

「周先生病了，氣喘……喘得厲害，在樓上靠在躺椅上。」

魯迅先生呼喘的聲音，不用走到他的旁邊，一進了臥室就聽得到的。鼻子和鬍鬚在扇着，胸部一起一落。眼睛閉着，差不多永久不離開手的紙煙也放棄了。籐椅後邊靠着枕頭，魯迅先生的頭有些向後，兩隻手空閒地垂着。眉頭仍和平日一樣沒有聚皺，臉上是平靜的，舒展的，似乎並沒有任何痛苦加在身上。

「來了吧？」魯迅先生睜一睜眼睛，「不小心，着了涼呼吸困難……到藏書的房子去翻一翻書……那房子因為

沒有人住，特別涼⋯⋯回來就⋯⋯」

許先生看周先生說話吃力，趕緊接着說周先生是怎樣氣喘的。

醫生看過了，吃了藥，但喘並未停。下午醫生又來過，剛剛走。

臥室在黃昏裏邊一點一點地暗下去，外邊起了一點兒小風，隔院的樹被風搖着發響。別人家的窗子有的被風打着發出自動關開的響聲，家家的流水道都是嘩啦嘩啦地響着水聲，一定是晚餐之後洗着杯盤的剩水。晚餐後該散步的散步去了，該會朋友的會友去了，弄堂裏來去不斷的人稀疏地走着，而娘姨們還沒有解掉圍裙呢，就依着後門彼此搭訕起來。小孩子們三五一夥前門後門地跑着，弄堂外汽車穿來穿去。

魯迅先生坐在躺椅上，沉靜地不動地闔着眼睛，略微灰了的臉色被爐裏的火染紅了一點兒。紙煙聽子蹲在書桌上，蓋着蓋子，茶杯也蹲在桌子上。

許先生輕輕地在樓梯上走着，許先生一到樓下去，二樓就只剩了魯迅先生一個人坐在椅子上，呼喘把魯迅先生的胸部有規律性地抬得高高的。

「魯迅先生必得休息的。」須藤醫生這樣說的。可是魯迅先生從此不但沒有休息，並且腦子裏所想的更多了，要做的事情都像非立刻就做不可，校《海上述林》的校樣，印珂勒惠支的畫，翻譯《死魂靈》下部，剛好了，這些就都一起開始了，還計算着出三十年集（即《魯迅全集》）。

　　魯迅先生感到自己的身體不好，就更沒有時間注意身體，所以要多做，趕快做。當時大家不解其中的意思，都以為魯迅先生對於休息不以為然，後來讀了魯迅先生《死》的那篇文章才了然了。

　　魯迅先生知道自己的健康不成了，工作的時間沒有幾年了，死了是不要緊的，只要留給人類更多，魯迅先生就是這樣。

　　不久，書桌上德文字典和日文字典都擺起來了，果戈里的《死魂靈》又開始翻譯了。

　　魯迅先生的身體不大好，容易傷風，傷風之後，照常要陪客人、回信、校稿子。所以傷風之後總要拖下去一個月或半個月的。

　　瞿秋白的《海上述林》校樣一九三五年冬，一九三六年的春天，魯迅先生不斷地校着，幾十萬字的校樣，要看三遍，而印刷所送校樣來總是十頁八頁的，並不是統統一道地送來，所以魯迅先生不斷地被這校樣催索着，魯迅先生竟説：

　　「看吧，一邊陪着你們談話，一邊看校樣，眼睛可以看，耳朵可以聽……」

　　有時客人來了，一邊説着笑話，魯迅先生一邊放下了筆。有的時候也説：「剩幾個字了……請坐一坐……」

　　一九三五年冬天許先生説：

　　「周先生的身體是不如從前了。」

　　有一次，魯迅先生到飯館裏去請客，來的時候興致很

好，還記得那次吃了一隻烤鴨子，整個的鴨子用大鋼叉子叉上來時，大家看這鴨子烤得又油又亮的，魯迅先生也笑了。

菜剛上滿了，魯迅先生就到躺椅上吸一支煙，並且闔一闔眼睛。一吃完了飯，有的喝了酒的，大家都鬧亂了起來，彼此搶着蘋果，彼此諷刺着玩，説着一些人可笑的話。而魯迅先生這時候，坐在躺椅上，闔着眼睛，很莊嚴地在沉默着，讓拿在手上紙煙的煙絲，裊裊地上升着。

別人以為魯迅先生也是喝多了酒吧！

許先生説，並不是的。

「周先生的身體是不如從前了，吃過了飯總要閉一閉眼睛稍微休息一下，從前一向沒有這習慣。」

周先生從椅子上站起來了，大概説他喝多了酒的話讓他聽到了。

「我不多喝酒的。小的時候，母親常提到父親喝了酒脾氣怎樣壞，母親説，長大了不要喝酒，不要像父親那樣子……所以我不多喝的……從來沒喝醉過……」

魯迅先生休息好了，換了一支煙，站起來也去拿蘋果吃，可是蘋果沒有了。魯迅先生説：

「我爭不過你們了，蘋果讓你們搶沒了。」

有人搶到手的還在保存着的蘋果奉獻出來，魯迅先生沒有吃，只在吸煙。

一九三六年春，魯迅先生的身體不大好，但沒有什麼

病，吃過了夜飯，坐在躺椅上，總要閉一閉眼睛沉靜一會兒。

許先生對我說，周先生在北平時，有時開着玩笑，手按着桌子一躍就能夠躍過去，而近年來沒有這麼做過。大概沒有以前那麼靈便了。

這話許先生和我是私下講的。魯迅先生沒有聽見，仍靠在躺椅上沉默着呢。

許先生開了火爐門，裝着煤炭嘩嘩地響，把魯迅先生震醒了。一講起話來魯迅先生的精神又照常一樣。

魯迅先生睡在二樓的牀上已經一個多月了，氣喘雖然停止。但每天發熱，尤其是在下午熱度總在三十八九度之間，有時也到三十九度多，那時魯迅先生的臉是微紅的，

目力是疲弱的，不吃東西，不大多睡，沒有一些呻吟，似乎全身都沒有什麼痛楚的地方。躺在牀上的時候張開眼睛看着，有的時候似睡非睡安靜地躺着，茶吃得很少。差不多一刻也不停地吸煙，而今幾乎完全放棄了，紙煙聽子不放在牀邊，而仍很遠的蹲在書桌上，若想吸一支，是請許先生付給的。

許先生從魯迅先生病起，更過度地忙了。按着時間給魯迅先生吃藥，按着時間給魯迅先生試溫度表，試過了之後還要把一張醫生發給的表格填好，那表格是一張硬紙，上面畫了無數根線，許先生就在這張紙上拿着米度尺畫着度數，那表畫得和尖尖的小山丘似的，又像尖尖的水晶石，高的低的一排連一排地站着。許先生雖每天畫，但那像是一條接連不斷的線，不過從低處到高處，從高處到低處，這高峯越高越不好，也就是魯迅先生的熱度越高了。

來看魯迅先生的人，多半都不到樓上來了，為的請魯迅先生好好地靜養，所以把陪客人這些事也推到許先生身上來了。還有書、報、信都要許先生看過，必要的就告訴魯迅先生，不十分必要的，就先把它放在一處放一放，等魯迅先生好些了再取出來交給他。然而這家庭裏邊還有許多瑣事，比方年老的娘姨病了要請兩天假；海嬰的牙齒脫掉一個要到牙醫那裏去看過，但是帶他去的人沒有，又得許先生。海嬰在幼稚園裏讀書，又是買鉛筆，買皮球，還有臨時出些個花頭，跑上樓來了，說要吃什麼花生糖，什麼牛奶糖，他上樓來是一邊跑着一邊喊着，許先生連忙拉

住了他，拉他下了樓才跟他講：

「爸爸病啦。」而後拿出錢來，囑咐好了娘姨，只買幾塊糖而不准讓他格外的多買。

收電燈費的來了，在樓下一打門，許先生就得趕快往樓下跑，怕的是再多打幾下，就要驚醒了魯迅先生。

海嬰最喜歡聽講故事，這也是無限的麻煩，許先生除了陪海嬰講故事之外，還要在長桌上偷一點兒工夫來看魯迅先生為有病耽擱下來尚未校完的校樣。

在這期間，許先生比魯迅先生更要擔當一切了。

魯迅先生吃飯，是在樓上單開一桌，那僅僅是一個方木桌，許先生每餐親手端到樓上去，每樣都用小吃碟盛着，那小吃碟直徑不過兩寸，一碟豌豆苗或菠菜或莧菜，把黃花魚或者雞之類也放在小碟裏端上樓去。若是雞，那雞也是全雞身上最好的一塊地方揀下來的肉；若是魚，也是魚身上最好一部分，許先生才把它揀下放在小碟裏。

許先生用筷子來回地翻着樓下的飯桌上菜碗裏的東西，菜揀嫩的，不要莖，只要葉；魚肉之類，揀燒得軟的，沒有骨頭沒有刺的。

心裏存着無限的期望，無限的要求，用了比祈禱更虔誠的目光，許先生看着她自己手裏選得精精緻緻的菜盤子，而後腳板觸了樓梯上了樓。

希望魯迅先生多吃一口，多動一動筷，多喝一口雞湯。雞湯和牛奶是醫生所囑的，一定要多吃一些的。

把飯送上去，有時許先生陪在旁邊，有時走下樓來又做些別的事，半個鐘頭之後，到樓上去取這盤子。這盤子裝的滿滿的，有時竟照原樣一動也沒有動又端下來了，這時候許先生的眉頭總會微微地皺了一點兒。旁邊若有什麼朋友，許先生就說：「周先生的熱度高，什麼也吃不落，連茶也不願意吃，人很苦，人很吃力。」

有一天，許先生用波浪式的專門切麵包的刀切着麵包，是在客廳後邊方桌上切的，許先生一邊切着一邊對我說：

「勸周先生多吃東西，周先生說，人好了再保養，現在勉強吃也是沒有用的。」

許先生接着似乎問着我：

「這也是對的？」

而後把牛奶麵包送上樓去了。一碗燒好的雞湯，從方盤裏許先生把它端出來了，就擺在客廳後的方桌上。許先生上樓去了，那碗熱的雞湯在方桌上自己悠然地冒着熱氣。

許先生由樓上回來還說呢：

「周先生平常就不喜歡吃湯之類，在病裏，更勉強不下了。」

許先生似乎安慰着自己似的：

「周先生人強，喜歡吃硬的，油炸的，就是吃飯也喜歡吃硬飯……」

許先生樓上樓下地跑，呼吸有些不平靜，坐在她旁邊，似乎可以聽到她心臟的跳動。

魯迅先生開始獨桌吃飯以後，客人多半不上樓來了，經許先生婉言把魯迅先生健康的經過報告了之後就走了。

魯迅先生在樓上一天一天地睡下去，睡了許多日子，都寂寞了，有時大概熱度低了點兒就問許先生：

「什麼人來過嗎？」

看魯迅先生好些，就一一地報告過。

有時也問到有什麼刊物來嗎？

魯迅先生病了一個多月了。

證明了魯迅先生是肺病，並且是肋膜炎，須藤老醫生每天來了，為魯迅先生把肋膜積水用打針的方法抽淨，共抽過兩三次。

這樣的病，為什麼魯迅先生一點兒也不曉得呢？許先生說，周先生有時覺得肋痛了就自己忍着不說，所以連許先生也不知道，魯迅先生怕別人曉得了又要不放心，又要看醫生，醫生一定又要說休息。魯迅先生自己知道做不到的。

福民醫院美國醫生的檢查，說魯迅先生肺病已經二十年了。這次發了怕是很嚴重。

醫生規定個日子，請魯迅先生到福民醫院去詳細檢查，要照 X 光的。但魯迅先生當時就下樓是下不得的，又過了許多天，魯迅先生到福民醫院去檢查病去了。照 X 光後給魯迅先生照了一個全部的肺部的照片。

這照片取來的那天許先生在樓下給大家看了，右肺的上尖是黑的，中部也黑了一塊，左肺的下半部都不大好，

而沿着左肺的邊邊黑了一大圈。

這之後，魯迅先生的熱度仍高，若再這樣熱度不退，就很難抵抗了。

那查病的美國醫生只查病，而不給藥吃，他相信藥是沒有用的。

魯迅先生早就認識須藤老醫生，所以每天來，他給魯迅先生吃了些退熱藥，還吃停止肺病菌活動的藥。他說若肺不再壞下去，就停止在這裏，熱自然就退了，人是不危險的。

在樓下的客廳裏，許先生哭了。許先生手裏拿着一團毛線，那是海嬰的毛線衣拆了洗過之後又團起來的。

魯迅先生在無慾望狀態中，什麼也不吃，什麼也不想，睡覺似睡非睡的。

天氣熱起來了，客廳的門窗都打開着，陽光跳躍在門外的花園裏。麻雀來了停在夾竹桃上叫了三兩聲就飛去，院子裏的小孩們唧唧喳喳地玩耍着，風吹進來好像帶着熱氣撲到人的身上，天氣剛剛發芽的春天變為夏天了。

樓上老醫生和魯迅先生談話的聲音隱約可以聽到。

樓下又來客人，來的人總要問：

「周先生好一點兒嗎？」

許先生照常說：「還是那樣子。」

但今天說了眼淚又流了滿臉。一邊拿起杯子來給客人倒茶，一邊用左手拿着手帕按着鼻子。

客人問：

「周先生又不大好嗎？」

許先生說：

「沒有的，是我心窄。」

過了一會兒，魯迅先生要找什麼東西，喊許先生上樓去，許先生連忙擦着眼睛，想說她不上樓的，但左右看了一看，沒有人能代替了她，於是帶着她那團還沒有纏完的毛線球上樓去了。

樓上坐着老醫生，還有兩位探望魯迅先生的客人。許先生一看了他們就自己低了頭不好意思地笑了，她不敢到魯迅先生的面前去，背轉着身問魯迅先生要什麼呢，而後又是慌忙地把毛線縷掛在手上纏了起來。

一直到送老醫生下樓，許先生都是把背向着魯迅先生而站着的。

每次老醫生走，許先生都是替老醫生提着皮提包送到前門外的。許先生愉快地、沉靜地帶着笑容打開鐵門閂，很恭敬地把皮包交給老醫生，眼看着老醫生走了才進來關了門。

這老醫生出入在魯迅先生的家裏，連老娘姨對他都是尊敬的，醫生從樓上下來時，娘姨若在樓梯的半道，趕快下來躲開，站到樓梯的旁邊。有一天老娘姨端着一個杯子上樓，樓上醫生和許先生一道下來了，那老娘姨躲閃不靈，急得把杯裏的茶都顛出來了。等醫生走過去，已經走出了前門，老娘姨還在那裏呆呆地望着。

「周先生好了點兒吧？」

有一天，許先生不在家，我問着老娘姨。她說：

「誰曉得，醫生天天看過了不聲不響地就走了。」

可見老娘姨對醫生每天是懷着期望的眼光看着他的。

許先生很鎮靜，沒有紊亂的神色，雖然說那天當着人哭過一次，但該做什麼仍是做什麼，毛線該洗的已經洗了，曬的已經曬起，曬乾了的隨手就把它團起團子。

「海嬰的毛線衣每年拆一次，洗過之後再重打起，人一年一年地長，衣裳一年穿過，一年就小了。」

在樓下陪着熟的客人，一邊談着，一邊開始手裏動着竹針。

這種事情許先生是偷空就做的，夏天就開始預備着冬天的，冬天就做夏天的。

許先生自己常常說：

「我是無事忙。」

這話很客氣，但忙是真的，每一餐飯都好像沒有安靜地吃過。海嬰一會兒要這個，要那個；若一有客人，上街臨時買菜，下廚房煎炒還不說，就是擺到桌子上來，還要從菜碗裏為着客人選好的夾過去。飯後又是吃水果，若吃蘋果還要把皮削掉，若吃**荸薺**①看客人削得慢而不好也要削了送給客人吃，那時魯迅先生還沒有生病。

許先生除了打毛線衣之外，還用機器縫衣裳，剪裁了

---

① **荸薺**：馬蹄。荸薺 bí qí，粵音勃齊。

許多件海嬰的內衫褲在窗下縫。

因此許先生對自己忽略了，每天上下樓跑着，所穿的衣裳都是舊的，次數洗得太多，鈕扣都洗脫了，也磨破了，都是幾年前的舊衣裳，春天時許先生穿了一個紫紅寧綢袍子，那料子是海嬰在嬰孩時候別人送給海嬰做被子的禮物。做被子，許先生說很可惜，就揀起來做一件袍子。正說着，海嬰來了，許先生使眼神，且不要提到，若提到海嬰又要麻煩起來了，一要說是他的，他就要要。

許先生冬天穿一雙大棉鞋，是她自己做的。一直到二三月早晚冷時還穿着。

有一次我和許先生在小花園裏拍一張照片，許先生說她的鈕扣掉了，還拉着我站在她前邊遮着她。

許先生買東西也總是到便宜的店舖去買，再不然，到減價的地方去買。

處處儉省，把儉省下來的錢，都印了書和印了畫。

現在許先生在窗下縫着衣裳，機器聲格噠格噠的，震着玻璃門有些顫抖。

窗外的黃昏，窗內許先生低着的頭，樓上魯迅先生的咳嗽聲，都攪混在一起了，重續着、埋藏着力量。在痛苦中，在悲哀中，一種對於生的強烈的願望站得和強烈的火焰那樣堅定。

許先生的手指把捉了在縫的那張布片，頭有時隨着機器的力量低沉了一兩下。

許先生的面容是寧靜的、莊嚴的、沒有恐懼的，她坦

蕩地在使用着機器。

　　海嬰在玩着一大堆黃色的小藥瓶，用一個紙盒子盛着，端起來樓上樓下地跑。向着陽光照是金色的，平放着是咖啡色的，他招集了小朋友來，他向他們展覽，向他們誇耀，這種玩意只有他有而別人不能有。他說：

　　「這是爸爸打藥針的藥瓶，你們有嗎？」

　　別人不能有，於是他拍着手驕傲地呼叫起來。

　　許先生一邊招呼着他，不叫他喊，一邊下樓來了。

　　「周先生好了些？」

　　見了許先生大家都是這樣問的。

　　「還是那樣子，」許先生說，隨手抓起一個海嬰的藥瓶來，「這不是麼，這許多瓶子，每天打針，藥瓶也積了一大堆。」

　　許先生一拿起那藥瓶，海嬰上來就要過去，很寶貴地趕快把那小瓶擺到紙盒裏。

　　在長桌上擺着許先生自己親手做的蒙着茶壺的棉罩子，從那藍緞子的花罩下拿着茶壺倒着茶。

　　樓上樓下都是靜的了，只有海嬰快活地和小朋友們的吵嚷躲在太陽裏跳盪。

　　海嬰每晚臨睡時必向爸爸媽媽說：「明朝會！」

　　有一天，他站在上三樓去的樓梯口上喊着：

　　「爸爸，明朝會！」

　　魯迅先生那時正病的沉重，喉嚨裏邊似乎有痰，那回答的聲音很小，海嬰沒有聽到，於是他又喊：

「爸爸，明朝會！」他等一等，聽不到回答的聲音，他就大聲地連串地喊起來：

「爸爸，明朝會！爸爸，明朝會！……爸爸，明朝會……」

他的保姆在前邊往樓上拖他，說是爸爸睡下了，不要喊了。可是他怎麼能夠聽呢，仍舊喊。

這時魯迅先生說「明朝會」，還沒有說出來喉嚨裏邊就像有東西在那裏堵塞着，聲音無論如何放不大。到後來，魯迅先生掙扎着把頭抬起來才很大聲地說出：

「明朝會，明朝會。」

說完了，就咳嗽起來。

許先生被驚動得從樓下跑來了，不住地訓斥着海嬰。

海嬰一邊哭着一邊上樓去了，嘴裏嘮叨着：

「爸爸是個聾人哪！」

魯迅先生沒有聽到海嬰的話，還在那裏咳嗽着。

魯迅先生在四月裏，曾經好了一點兒，有一天下樓去赴一個約會，把衣裳穿的整整齊齊，手下夾着黑花布包袱，戴起帽子來，出門就走。

許先生在樓下正陪客人，看魯迅先生下來了，趕快說：

「走不得吧，還是坐車子去吧。」

魯迅先生說：「不要緊，走得動的。」

許先生再加以勸說，又去拿零錢給魯迅先生帶着。

魯迅先生說不要不要，堅決地走了。

「魯迅先生的脾氣很剛強。」

許先生無可奈何的，只說了這一句。

魯迅先生晚上回來，熱度增高了。

魯迅先生說：「坐車子實在麻煩，沒有幾步路，一走就到。還有，好久不出去，願意走走⋯⋯動一動就出毛病⋯⋯還是動不得⋯⋯」

病壓服着魯迅先生又躺下了。

七月裏，魯迅先生又好些。

藥每天吃，記溫度的表格照例每天好幾次在那裏畫，老醫生還是照常地來，說魯迅先生就要好起來了。說肺部的菌已經停止了一大半，肋膜也好了。

客人來差不多都要到樓上來拜望拜望。魯迅先生帶着久病初癒的心情，又談起話來，披了一張毛巾子坐在躺椅上，紙煙又拿在手裏了，又談翻譯，又談某刊物。

一個月沒有上樓去，忽然上樓還有些心不安，我一進卧室的門，覺得站也沒地方站，坐也不知坐在哪裏。

許先生讓我吃茶，我就依着桌子邊站着。好像沒有看見那茶杯似的。

魯迅先生大概看出我的不安來了，便說：

「人瘦了，這樣瘦是不成的，要多吃點兒。」

魯迅先生又在說玩笑話了。

「多吃就胖了，那麼周先生為什麼不多吃點兒？」

魯迅先生聽了這話就笑了，笑聲是明朗的。

從七月以後魯迅先生一天天地好起來了，牛奶、雞湯

之類，為了醫生所囑也**隔三差五**①地吃着，人雖是瘦了，但精神是好的。

魯迅先生説自己體質的本質是好的，若差一點兒的，就讓病打倒了。

這一次魯迅先生保持了很長時間，沒有下樓更沒有到外邊去過。

在病中，魯迅先生不看報，不看書，只是安靜地躺着。但有一張小畫是魯迅先生放在牀邊上不斷看着的。

那張畫，魯迅先生未生病時和許多畫一道拿給大家看過的，小得和紙煙包裹抽出來的那畫片差不多。那上邊畫着一個穿大長裙子飛散着頭髮的女人在大風裏邊跑，在她旁邊的地面上還有小小的紅玫瑰的花朵。

記得是一張蘇聯某畫家着色的木刻。

魯迅先生有很多畫，為什麼只選了這張放在枕邊。

許先生告訴我的，她也不知道魯迅先生為什麼常常看這小畫。

有人來問他這樣那樣的，他説：

「你們自己學着做，若沒有我呢！」

這一次魯迅先生好了。

還有一樣不同的，覺得做事要多做……

---

① **隔三差五**：每隔不久，時常，也作隔三岔五。

魯迅先生以為自己好了，別人也以為魯迅先生好了。

準備冬天要慶祝魯迅先生工作三十年。

又過了三個月。

一九三六年十月十七日，魯迅先生病又發了，又是氣喘。

十七日，一夜未眠。

十八日，終日喘着。

十九日的下半夜，人衰弱到極點了。天將發白時，魯迅先生就像他平日一樣，工作完了，他休息了。

 賞析

　　此文是魯迅先生去世之後蕭紅寫的一篇回憶錄，由於將點滴瑣事幾乎是事無巨細地寫進了文中，所以這篇散文篇幅很長。這是後世魯迅研究的重要史料，它本身的文學成就也是極高的。蕭紅側重的是生活化的魯迅。她寫了魯迅質樸的外貌，平易的言談舉止，和普通人無異的簡單幸福的家庭，去世前疾病纏身的痛苦，這些文字相當完整地再現了魯迅真實的形象。蕭紅在文中沒有說一句忸怩的讚美歌頌的話，只是鋪陳每一個她認為值得書寫的細節，盡可能還原最本真的記憶，讓自己的情感自然地流淌於筆下。全文最末的一句，簡潔、平和，但絕不軟弱無力，每個字都猶如敲響巨鐘傳出的悲鳴，久久迴蕩在讀者的心間。

小説篇

風霜雨雪，受得住的就過去了，受不住的，就尋求着自然的結果。那自然的結果不大好，把一個人默默地一聲不響地就拉着離開了這人間的世界了。至於那還沒有被拉去的，就風霜雨雪，仍舊在人間被吹打着。

呼蘭河傳（節選）

第一章

一

　　嚴冬一封鎖了大地的時候，則大地滿地裂着口。從南到北，從東到西，幾尺長的，一丈長的，還有好幾丈長的，它們毫無方向地，便隨時隨地，只要嚴冬一到，大地就裂開口了。

　　嚴寒把大地凍裂了。

　　年老的人，一進屋用掃帚掃着鬍子上的冰溜，一面説：

　　「今天好冷啊！地凍裂了。」

　　趕車的車夫，頂着三星，繞着大鞭子走了六七十里，天剛一蒙亮，進了大車店，第一句話就向客棧掌櫃的説：

　　「好厲害的天啊！小刀子一樣。」

　　等進了棧房，摘下狗皮帽子來，抽一袋煙之後，伸手去拿熱饅頭的時候，那伸出來的手在手背上有無數的裂口。

　　人的手被凍裂了。

　　賣豆腐的人清早起來沿着人家去叫賣，偶一不慎，就把盛豆腐的方木盤貼在地上拿不起來了。被凍在地上了。

　　賣饅頭的老頭，背着木箱子，裏邊裝着熱饅頭，太陽一出來，就在街上叫喚。他剛一從家裏出來的時候，他走的快，他喊的聲音也大。可是過不了一會，他的腳上掛了掌子了，在腳心上好像踏着一個雞蛋似的，圓滾滾的。原

來冰雪封滿了他的腳底了。他走起來十分的不得力，若不是十分的加着小心，他就要跌倒了。就是這樣，也還是跌倒的。跌倒了是不很好的，把饅頭箱子跌翻了，饅頭從箱底一個一個的滾了出來。旁邊若有人看見，趁着這機會，趁着老頭子倒下一時還爬不起來的時候，就拾了幾個一邊吃着就走了。等老頭子掙扎起來，連饅頭帶冰雪一起揀到箱子去，一數，不對數。他明白了。他向着那走不太遠的吃他饅頭的人説：

「好冷的天，地皮凍裂了，吞了我的饅頭了。」

行路人聽了這話都笑了。他背起箱子來再往前走，那腳下的冰溜，似乎是越結越高，使他越走越困難，於是背上出了汗，眼睛上了霜，鬍子上的冰溜越掛越多，而且因為呼吸的關係，把破皮帽子的帽耳朵和帽前遮都掛了霜了。這老頭越走越慢，擔心受怕，顫顫驚驚，好像初次穿上滑冰鞋，被朋友推上了溜冰場似的。

小狗凍得夜夜的叫喚，哽哽的，好像牠的腳爪被火燒着一樣。

天再冷下去：

水缸被凍裂了；

井被凍住了；

大風雪的夜裏，竟會把人家的房子封住，睡了一夜，早晨起來，一推門，竟推不開門了。

大地一到了這嚴寒的季節，一切都變了樣，天空是灰色的，好像颳了大風之後，呈着一種混沌沌的氣象，而且

整天飛着清雪。人們走起路來是快的，嘴裏邊的呼吸，一遇到了嚴寒好像冒着煙似的。七匹馬拉着一輛大車，在曠野上成串的一輛挨着一輛地跑，打着燈籠，甩着大鞭子，天空掛着三星。跑了兩里路之後，馬就冒汗了。再跑下去，這一批人馬在冰天雪地裏邊竟熱氣騰騰的了。一直到太陽出來，進了棧房，那些馬才停止了出汗。但是一停止了出汗，馬毛立刻就上了霜。

人和馬吃飽了之後，他們再跑。這寒帶的地方，人家很少，不像南方，走了一村，小遠又來了一村，過了一鎮，不遠又來了一鎮。這裏是什麼也看不見，遠望出去是一片白。從這一村到那一村，根本是看不見的。只有憑了認路的人的記憶才知道是走向了什麼方向。拉着糧食的七匹馬的大車，是到他們附近的城裏去。載來大豆的賣了大豆，載來高粱的賣了高粱。等回去的時候，他們帶了油、鹽和布匹。

呼蘭河就是這樣的小城，這小城並不怎樣繁華，只有兩條大街，一條從南到北，一條從東到西，而最有名的算是十字街了。十字街口集中了全城的精華。十字街上有金銀首飾店、布莊、油鹽店、茶莊、藥店，也有拔牙的洋醫生。那醫生的門前，掛着很大的招牌，那招牌上畫着特別大的有量米的斗那麼大的一排牙齒。這廣告在這小城裏邊無乃太不相當，使人們看了竟不知道那是什麼東西，因為油店、布店和鹽店，他們都沒有什麼廣告，也不過是鹽店門前寫個「鹽」字，布店門前掛了兩張怕是自古亦有之的

兩張布幌子。其餘的如藥店的招牌，也不過是：把那戴着花鏡的伸出手去在小枕頭上號着婦女們的脈管的醫生的名字掛在門外就是了。比方那醫生的名字叫李永春，那藥店也就叫「李永春」。人們憑着記憶，哪怕就是李永春摘掉了他的招牌，人們也都知李永春是在那裏。不但城裏的人這樣，就是從鄉下來的人也多少都把這城裏的街道，和街道上盡是些什麼都記熟了。用不着什麼廣告，用不着什麼招引的方式，要買的比如油鹽、布匹之類，自己走進去就會買。不需要的，你就是掛了多大的牌子，人們也是不去買。那牙醫生就是一個例子，那從鄉下來的人們看了這麼大的牙齒，真是覺得稀奇古怪，所以那大牌子前邊，停了許多人在看，看也看不出是什麼道理來。假若他是正在牙痛，他也絕對的不去讓那用洋法子的醫生給他拔掉，也還是走到李永春藥店去，買二兩黃連，回家去含着算了吧！因為那牌子上的牙齒太大了，有點莫名其妙，怪害怕的。

所以那牙醫生，掛了兩三年招牌，到那裏去拔牙的卻是寥寥無幾。

後來那女醫生沒有辦法，大概是生活沒法維持，她兼做了收生婆。

城裏除了十字街之外，還有兩條街，一條叫做東二道街，一條叫做西二道街。這兩條街是從南到北的，大概五六里長。這兩條街上沒有什麼好記載的，有幾座廟，有幾家燒餅舖，有幾家糧棧。

東二道街上有一家火磨，那火磨的院子很大，用紅色

的好磚砌起來的大煙囪是非常高的，聽說那火磨裏邊進去不得，是碰不得的。一碰就會把人用火燒死，不然為什麼叫火磨呢？就是因為有火，聽說那裏邊不用馬，或是毛驢拉磨，用的是火。一般人以為盡是用火，豈不把火磨燒着了嗎？想來想去，想不明白，越想也就越糊塗。偏偏那火磨又是不准參觀的。聽說門口站着守衛。

東二道街上還有兩家學堂，一個在南頭，一個在北頭。都是在廟裏邊，一個在龍王廟裏，一個在祖師廟裏。兩個都是小學：

龍王廟裏的那個學的是養蠶，叫做農業學校。祖師廟裏的那個，是個普通的小學，還有高級班，所以又叫做高等小學。

這兩個學校，名目上雖然不同，實際上是沒有什麼分別的。也不過那叫做農業學校的，到了秋天把蠶用油炒起來，教員們大吃幾頓就是了。

那叫做高等小學的，沒有蠶吃，那裏邊的學生的確比農業學校的學生長的高，農業學生開頭是唸「人、手、足、刀、尺」，頂大的也不過十六七歲。那高等小學的學生卻不同了，吹着洋號，竟有二十四歲的，在鄉下私學館裏已經教了四五年的書了，現在才來上高等小學。也有在糧棧裏當了二年的管賬先生的現在也來上學了。

這小學的學生寫起家信來，竟有寫到：「小禿子鬧眼睛好了沒有？」小禿子就是他的八歲的長公子的小名。次公子，女公子還都沒有寫上，若都寫上怕是把信寫得太長

了。因為他已經子女成羣，已經是一家之主了，寫起信來總是多談一些個家政：姓王的地戶的地租送來沒有？大豆賣了沒有？行情如何之類。

這樣的學生，在課堂裏邊也是極有地位的，教師也得尊敬他，一不留心，他這樣的學生就站起來了，手裏拿着《康熙字典》，常常會把先生指問住的。萬里乾坤的「乾」和乾菜的「乾」，據這學生說是不同的。乾菜的「乾」應該這樣寫：「乾」，而不是那樣寫：「乾」。

西二道街上不但沒有火磨，學堂也就只有一個。是個清真學校，設在城隍廟裏邊。

其餘的也和東二道街一樣，灰禿禿的，若有車馬走過，則煙塵滾滾，下了雨滿地是泥。而且東二道街上有大泥坑一個，五六尺深。不下雨那泥漿好像粥一樣，下了雨，這泥坑就變成河了，附近的人家，就要吃它的苦頭，沖了人家裏滿滿是泥，等坑水一落了去，天一晴了，被太陽一曬，出來很多蚊子飛到附近的人家去。同時那泥坑也就越曬越純淨，好像要從那泥坑裏邊提煉出點什麼來似的。若是一個月以上不下雨，那大泥坑的質度更純了，水分完全被蒸發走了，那裏邊的泥，又黏又黑，比粥鍋澱糊，比漿糊還黏。好像煉膠的大鍋似的，黑糊糊的，油亮亮的，哪怕蒼蠅蚊子從那裏一飛也要黏住的。

小燕子是很喜歡水的，有時誤飛到這泥坑上來，用翅子點着水，看起來很危險，差一點沒有被泥坑陷害了牠，差一點沒有被黏住，趕快地頭也不回地飛跑了。

若是一匹馬，那就不然了，非黏住不可。不僅僅是黏住，而且把牠陷進去，馬在那裏邊滾着，掙扎着，掙扎了一會，沒有了力氣那馬就躺下了。一躺下那就很危險，很有致命的可能。但是這種時候不很多，很少有人牽着馬或是拉着車子來冒這種險。

這大泥坑出亂子的時候，多半是在旱年，若兩三個月不下雨這泥坑子才到了真正危險的時候。在表面上看來，似乎是越下雨越壞，一下了雨好像小河似的了，該多麼危險，有一丈來深，人掉下去也要沒頂的。其實不然，呼蘭河這城裏的人沒有這麼傻，他們都曉得這個坑是很厲害的，沒有一個人敢有這樣大的膽子牽着馬從這泥坑上過。

可是若三個月不下雨，這泥坑子就一天一天地乾下去，到後來也不過是二三尺深，有些勇敢者就試探着冒險的趕着車從上邊過去了，還有些次勇敢者，看着別人過去，也就跟着過去了，一來二去的，這坑子的兩岸，就壓成車輪經過的車轍了。那再後來者，一看，前邊已經有人走在先了，這懦怯者比之勇敢的人更勇敢，趕着車子走上去了。

誰知這泥坑子的底是高低不平的，人家過去了，可是他卻翻了車了。

車夫從泥坑爬出來，弄得和個小鬼似的，滿臉泥污，而後再從泥中往外挖掘他的馬，不料那馬已經倒在泥污之中了，這時候有些過路的人，也就走上前來，幫忙施救。

這過路的人分成兩種，一種是穿着長袍短褂的，非常清潔。看那樣子也伸不出手來，因為他的手也是很潔淨的。

不用說那就是紳士一流的人物了，他們是站在一旁參觀的。

看那馬要站起來了，他們就喝彩，「噢！噢！」地喊叫着，看那馬又站不起來，又倒下去了，這時他們又是喝彩，「噢噢」地又叫了幾聲。不過這喝的是倒彩。

就這樣馬要站起來，而又站不起來的鬧了一陣之後，仍然沒有站起來，仍是照原樣可憐地躺在那裏。這時候，那些看熱鬧的覺得也不過如此，也沒有什麼新花樣了。於是星散開去，各自回家去了。

現在再來說那馬還是在那裏躺着，那些幫忙救馬的過路人，都是些普通的老百姓，是這城裏的擔葱的、賣菜的、瓦匠、車夫之流。他們捲捲褲腳，脫了鞋子，看看沒有什麼辦法，走下泥坑去，想用幾個人的力量把那馬抬起來。

結果抬不起來了，那馬的呼吸不大多了。於是人們着了慌，趕快解了馬套。從車子把馬解下來，以為這回那馬毫無擔負的就可以站起來了。

不料那馬還是站不起來。馬的腦袋露在泥漿的外邊，兩個耳朵**哆嗦**①着，眼睛閉着，鼻子往外噴着突突的氣。

看了這樣可憐的景象，附近的人們跑回家去，取了繩索，拿了絞錐。用繩子把馬捆了起來，用絞錐從下邊掘着。人們喊着號令，好像造房子或是架橋樑似的。把馬抬出來了。

馬是沒有死，躺在道旁。人們給馬澆了一些水，還給

---

① **哆嗦**：發抖；顫動。哆嗦 duō suo，粵音多梳。

馬洗了一個臉。

看熱鬧的也有來的，也有去的。

第二天大家都說：

「那大水泡子又淹死了一匹馬。」

雖然馬沒有死，一哄起來就說馬死了。若不這樣說，覺得那大泥坑也太沒有什麼威嚴了。

在這大泥坑上翻車的事情不知有多少。一年除了被冬天凍住的季節之外，其餘的時間，這大泥坑子像它被賦給生命了似的，它是活的。水漲了，水落了，過些日子大了，過些日子又小了。大家對它都起着無限的關切。

水大的時間，不但阻礙了車馬，且也阻礙了行人，老頭走在泥坑子的沿上，兩條腿打顫，小孩子在泥坑子的沿上嚇得狼哭鬼叫。

一下起雨來這大泥坑子白亮亮地漲得溜溜地滿，漲到兩邊的人家的牆根上去了，把人家的牆根給淹沒了。來往過路的人，一走到這裏，就像在人生的路上碰到了打擊。是要奮鬥的，捲起袖子來，咬緊了牙根，全身的精力集中起來，手抓着人家的板牆，心臟撲通撲通地跳，頭不要暈，眼睛不要花，要沉着迎戰。

偏偏那人家的板牆造得又非常地平滑整齊，好像有意在危難的時候不幫人家的忙似的，使那行路人不管怎樣巧妙地伸出手來，也得不到那板牆的憐憫，東抓抓不着什麼，西摸也摸不到什麼，平滑得連一個疤拉節子也沒有，這可不知道是什麼山上長的木頭，長得這樣完好無缺。

掙扎了五六分鐘之後，總算是過去了。弄得滿頭流汗，滿身發燒，那都不説。再説那後來的人，依法炮製，那花樣也不多，也只是東抓抓，西摸摸。弄了五六分鐘之後，又過去了。

　　一過去了可就精神飽滿，哈哈大笑着，回頭向那後來的人，向那正在艱苦階段上奮鬥着的人説：

　　「這算什麼，一輩子不走幾回險路那不算英雄。」

　　可也不然，也不一定都是精神飽滿的，而大半是被嚇得臉色發白。有的雖然已經過去了多時，還是不能夠很快地抬起腿來走路，因為那腿還在打顫。

　　這一類膽小的人，雖然是險路已經過去了，但是心裏邊無由地生起來一種感傷的情緒，心裏顫抖抖的，好像被這大泥坑子所感動了似的，總要回過頭來望一望，打量一會，似乎要有些話説。終於也沒有説什麼，還是走了。

　　有一天，下大雨的時候，一個小孩子掉下去，讓一個賣豆腐的救了上來。

　　救上來一看，那孩子是農業學校校長的兒子。

　　於是議論紛紛了，有的説是因為農業學堂設在廟裏邊，沖了龍王爺了，龍王爺要降大雨淹死這孩子。

　　有的説不然，完全不是這樣，都是因為這孩子的父親的關係，他父親在講堂上指手畫腳地講，講給學生們説，説這天下雨不是在天的龍王爺下的雨，他説沒有龍王爺。你看這不把龍王爺活活地氣死，他這口氣哪能不出呢？所以就抓住了他的兒子來實行因果報應了。

　　有的説，那學堂裏的學生也太不像樣了，有的爬上了老龍王的頭頂，給老龍王去戴了一個草帽。這是什麼年頭，一個毛孩子就敢惹這麼大的禍，老龍王怎麼會不報應呢？看着吧，這還不能算了事，你想龍王爺並不是白人呵！你若惹了他，他可能夠饒了你？那不像對付一個拉車的、賣菜的，隨便的踢他們一腳就讓他們去。那是龍王爺呀！龍王爺還是惹得的嗎？

　　有的説，那學堂的學生都太不像樣了，他説他親眼見過，學生們拿了蠶放在大殿上老龍王的手上。你想老龍王那能夠受得了。

　　有的説，現在的學堂太不好了，有孩子是千萬上不得學堂的。一上了學堂就天地人鬼神不分了。

　　有的説他要到學堂把他的兒子領回來，不讓他唸書了。

　　有的説孩子在學堂裏唸書，是越唸越壞，比方嚇掉了魂，他娘給他叫魂的時候，你聽他説什麼？他説這叫迷信。你説再唸下去那還了得嗎？

　　説來説去，越説越遠了。

　　過了幾天，大泥坑子又落下去了，泥坑兩岸的行人通行無阻。

　　再過些日子不下雨，泥坑子就又有點像要乾了。這時候，又有車馬開始在上面走，又有車子翻在上面，又有馬倒在泥中打滾，又是繩索棍棒之類的，往外抬馬，被抬出去的趕着車子走了，後來的，陷進去，再抬。

　　一年之中抬車抬馬，在這泥坑子上不知抬了多少次，

可沒有一個人說把泥坑子用土填起來不就好了嗎？沒有一個。

　　有一次一個老紳士在泥坑漲水時掉在裏邊了。一爬出來，他就說：

　　「這街道太窄了，去了這水泡子連走路的地方都沒有了。這兩邊的院子，怎麼不把院牆拆了讓出一塊來？」

　　他正說着，板牆裏邊，就是那院中的老太太搭了言。她說院牆是拆不得的，她說最好種樹，若是沿着牆根種上一排樹，下起雨來人就可以攀着樹過去了。

　　說拆牆的有，說種樹的有，若說用土把泥坑來填平的，一個人也沒有。

　　這泥坑子裏邊淹死過小豬，用泥漿悶死過狗，悶死過貓，雞和鴨也常常死在這泥坑裏邊。

　　原因是這泥坑上邊結了一層硬殼，動物們不認識那硬殼下面就是陷阱，等曉得了可也就晚了。牠們跑着或是飛着，等往那硬殼上一落可就再也站不起來了。白天還好，或者有人又要來施救。夜晚可就沒有辦法了。牠們自己掙扎，掙扎到沒有力量的時候就很自然地沉下去了，其實也或者越掙扎越沉下去的快。有時至死也還不沉下去的事也有。若是那泥漿的密度過高的時候，就有這樣的事。

　　比方肉上市，忽然賣便宜豬肉了，於是大家就想起那泥坑子來了，說：

　　「可不是那泥坑子裏邊又淹死了豬了？」

　　說着若是腿快的，就趕快跑到鄰人的家去，告訴鄰居。

「快去買便宜肉吧,快去吧,快去吧,一會沒有了。」

等買回家來才細看一番,似乎有點不大對,怎麼這肉又紫又青的!可不要是瘟豬肉。

但是又一想,哪能是瘟豬肉呢,一定是那泥坑子淹死的。

於是煎、炒、蒸、煮,家家吃起便宜豬肉來。雖然吃起來了,但就總覺得不大香,怕還是瘟豬肉。

可是又一想,瘟豬肉怎麼可以吃得,那麼還是泥坑子淹死的吧!

本來這泥坑子一年只淹死一兩隻豬,或兩三口豬,有幾年還連一個豬也沒有淹死。至於居民們常吃淹死的豬肉,這可不知是怎麼一回事,真是龍王爺曉得。

雖然吃的自己說是泥坑子淹死的豬肉,但也有吃了病的,那吃病了的就大發議論說:

「就是淹死的豬肉也不應該抬到市上去賣,死豬肉終究是不新鮮的,稅局子是幹什麼的,讓大街上,在光天化日之下就賣起死豬肉來?」

那也是吃了死豬肉的,但是尚且沒有病的人說:

「話可也不能是那麼說,一定是你疑心,你三心二意的吃下去還會好。你看我們也一樣的吃了,可怎麼沒病?」

間或也有小孩子太不知時務,他說他媽不讓他吃,說那是瘟豬肉。

這樣的孩子,大家都不喜歡。大家都用眼睛瞪着他,說他:

「瞎説，瞎説！」

有一次一個孩子説那豬肉一定是瘟豬肉，並且是當着母親的面向鄰人説的。

那鄰人聽了倒並沒有堅決的表示什麼，可是他的母親的臉立刻就紅了。伸出手去就打了那孩子。

那孩子很固執，仍是説：

「是瘟豬肉嗎！是瘟豬肉嗎！」

母親實在難為情起來，就拾起門旁的燒火的叉子，向着那孩子的肩膀就打了過去。於是孩子一邊哭着一邊跑回家裏去了。

一進門，炕沿上坐着外祖母，那孩子一邊哭着一邊撲到外祖母的懷裏説：

「姥姥，你吃的不是瘟豬肉嗎？我媽打我。」

外祖母對這打得可憐的孩子本想安慰一番，但是一抬頭看見了同院的老李家的奶媽站在門口往裏看。

於是外祖母就掀起孩子後衣襟來，用力地在孩子的屁股上哐哐地打起來，嘴裏還説着：

「誰讓你這麼一點你就胡説八道！」

一直打到李家的奶媽抱着孩子走了才算完事。

那孩子哭得一塌糊塗，什麼「瘟豬肉」不「瘟豬肉」的，哭得也説不清了。

總共這泥坑子施給當地居民的福利有兩條：

第一條：常常抬車抬馬，淹雞淹鴨，鬧得非常熱鬧，可使居民説長道短，得以消遣。

第二條就是這豬肉的問題了，若沒有這泥坑子，可怎麼吃瘟豬肉呢？吃是可以吃的，但是可怎麼說法呢？真正說是吃的瘟豬肉，豈不太不講衛生了嗎？有這泥坑子可就好辦，可以使瘟豬變成淹豬，居民們買起肉來，第一經濟，第二也不算什麼不衛生。

二

東二道街除了大泥坑子這番盛舉之外，再就沒有什麼了。也不過是幾家碾磨房，幾家豆腐店，也有一兩家機房，也許有一兩家染布匹的染缸房，這個也不過是自己默默地在那裏做着自己的工作，沒有什麼可以使別人開心的，也不能招來什麼議論。那裏邊的人都是天黑了就睡覺，天亮了就起來工作。一年四季，春暖花開、秋雨、冬雪，也不過是隨着季節穿起棉衣來，脫下單衣去地過着。生老病死也都是一聲不響地默默地辦理。

比方就是東二道街南頭，那賣豆芽菜的王寡婦吧：她在房脊上插了一個很高的杆子，杆子頭上挑着一個破筐。因為那杆子很高，差不多和龍王廟的鐵馬鈴子一般高了。來了風，廟上的鈴子格棱格棱地響。王寡婦的破筐子雖是它不會響，但是它也會東搖西擺地作着態。

就這樣一年一年地過去，王寡婦一年一年地賣着豆芽菜，平靜無事，過着安祥的日子，忽然有一年夏天，她的獨子到河邊去洗澡，掉河淹死了。

這事情似乎轟動了一時，家傳戶曉，可是不久也就平

靜下去了。不但鄰人、街坊，就是她的親戚朋友也都把這回事情忘記了。

再說那王寡婦，雖然她從此以後就瘋了，但她到底還曉得賣豆芽菜，她仍還是靜靜地活着，雖然偶爾她的菜被偷了，在大街上或是在廟台上狂哭一場，但一哭過了之後，她還是平平靜靜地活着。

至於鄰人街坊們，或是過路人看見了她在廟台上哭，也會引起一點惻隱之心來的，不過為時甚短罷了。

還有人們常常喜歡把一些不幸者歸劃在一起，比如瘋子傻子之類，都一律去看待。

哪個鄉、哪個縣、哪個村都有些個不幸者，瘸子啦、瞎子啦、瘋子或是傻子。

呼蘭河這城裏，就有許多這一類的人。人們關於他們都似乎聽得多、看得多，也就不以為奇了。偶爾在廟台上或是大門洞裏不幸遇到了一個，剛想多少加一點惻隱之心在那人身上，但是一轉念，人間這樣的人多着哩！於是轉過眼睛去，三步兩步地就走過去了。即或有人停下來，也不過是和那些毫沒有記性的小孩子似的向那瘋子投一個石子，或是做着把瞎子故意領到水溝裏邊去的事情。

一切不幸者，就都是叫化子，至少在呼蘭河這城裏邊是這樣。

人們對待叫化子們是很平凡的。

門前聚了一羣狗在咬，主人問：

「咬什麼？」

僕人答：

「咬一個討飯的。」

説完了也就完了。

可見這討飯人的活着是一錢不值了。

賣豆芽菜的女瘋子，雖然她瘋了還忘不了自己的悲哀，隔三差五的還到廟台上去哭一場，但是一哭完了，仍是得回家去吃飯、睡覺、賣豆芽菜。

她仍是平平靜靜地活着。

三

再說那染缸房裏邊，也發生過不幸，兩個年輕的學徒，為了爭一個街頭上的婦人，其中的一個把另一個按進染缸子給淹死了。死了的不説，就説那活着的也下了監獄，判了個無期徒刑。

但這也是不聲不響地把事就解決了，過了三年兩載，若有人提起那件事來，差不多就像人們講着岳飛、秦檜似的，久遠得不知多少年前的事情似的。

同時發生這件事情的染缸房，仍舊是在原址，甚或連那淹死人的大缸也許至今還在那兒使用着。從那染缸房發賣出來的布匹，仍舊是遠近的鄉鎮都流通着。藍色的布匹男人們做起棉褲棉襖，冬天穿它來抵禦嚴寒。紅色的布匹，則做成大紅袍子，給十八九歲的姑娘穿上，讓她去做新娘子。

總之，除了染缸房子在某年某月某日死了一個人外，

其餘的世界，並沒有因此而改動了一點。

再説那豆腐房裏邊也發生過不幸：兩個伙計打仗，竟把拉磨的小驢的腿打斷了。

因為牠是驢子，不談牠也就罷了。只因為這驢子哭瞎了一個婦人的眼睛（即打了驢子那人的母親），所以不能不記上。

再説那造紙的紙房裏邊，把一個私生子活活餓死了。因為他是一個初生的孩子，算不了什麼。也就不説他了。

四

其餘的東二道街上，還有幾家紮彩舖。這是為死人而預備的。

人死了，魂靈就要到地獄裏邊去，地獄裏邊怕是他沒有房子住、沒有衣裳穿、沒有馬騎。活着的人就為他做了這麼一套，用火燒了，據説是到陰間就樣樣都有了。

大至噴錢獸、聚寶盆、大金山、大銀山，小至丫鬟使女、廚房裏的廚子、餵豬的豬倌，再小至花盆、茶壺茶杯、雞鴨鵝犬，以至窗前的鸚鵡。

看起來真是萬分的好看，大院子也有院牆，牆頭上是金色的琉璃瓦。一進了院，正房五間，廂房三間，一律是青紅磚瓦房，窗明几淨，空氣特別新鮮。花盆一盆一盆的擺在花架子上，石柱子、全百合、馬蛇菜、九月菊都一齊的開了。看起使人不知道是什麼季節，是夏天還是秋天，居然那馬蛇菜也和菊花同時站在一起。也許陰間是不分什

麼春夏秋冬的。這且不說。

再說那廚房裏的廚子，真是活神活現，比真的廚子真是乾淨到一千倍，頭戴白帽子、身紮白圍裙，手裏邊在做拉麵條，似乎午飯的時候就要到了，煮了麵就要開飯了似的。

院子裏的牽馬僮，站在一匹大白馬的旁邊，那馬好像是阿拉伯馬，特別高大，英姿挺立，假若有人騎上，看樣子一定比火車跑得更快。就是呼蘭河這城裏的將軍，相信他也沒有騎過這樣的馬。

小車子、大騾子，都排在一邊。騾子是油黑的、閃亮的，用雞蛋殼做的眼睛，所以眼珠是不會轉的。

大騾子旁邊還站着一匹小騾子，那小騾子是特別好看，眼珠是和大騾子一般的大。

小車子裝潢得特別漂亮，車輪子都是銀色的。車前邊的簾子是半掩半捲的，使人得以看到裏邊去。車裏邊是紅堂堂地鋪着大紅的褥子。趕車的坐在車沿上，滿臉是笑，得意洋洋，裝飾得特別漂亮，紮着紫色的腰帶，穿着藍色花絲葛的大袍，黑緞鞋，雪白的鞋底。大概穿起這鞋來還沒有走路就趕過車來了。他頭上戴着黑帽頭，紅帽頂，把臉揚着，他蔑視着一切，越看他越不像一個車夫，好像一位新郎。

公雞三兩隻，母雞七八隻，都是在院子裏邊靜靜地啄食，一聲不響，鴨子也並不呱呱地直叫，叫得煩人。狗蹲在上房的門旁，非常的守職，一動不動。

看熱鬧的人，人人說好，個個稱讚。窮人們看了這個

竟覺得活着還沒有死了好。

正房裏，窗簾、被格、桌椅板凳，一切齊全。

還有一個管家的，手裏拿着一個算盤在打着，旁邊還擺着一個賬本，上邊寫着：

北燒鍋欠酒二十二斤

東鄉老王家昨借米二十擔

白旗屯泥人子昨送地租四百三十吊

白旗屯二個子共欠地租兩千吊

這以下寫了個：

四月二十八日

以上的是四月二十七日的流水賬，大概二十八日的還沒有寫吧！

看這賬目也就知道陰間欠了賬也是馬虎不得的，也設了專門人才，即管賬先生一流的人物來管。同時也可以看出來，這大宅子的主人不用説就是個地主了。

這院子裏邊，一切齊全，一切都好，就是看不見這院子的主人在什麼地方，未免地使人疑心這麼好的院子而沒有主人了。這一點似乎使人感到空虛，無着無落的。

再一回頭看，就覺得這院子終歸是有點兩樣，怎麼丫鬟、使女、車夫、馬僮的胸前都掛着一張紙條，那紙條上

寫着他們每個人的名字:

那漂亮得和新郎似的車夫的名字叫:

「長鞭」。

馬僮的名字叫:

「快腿」。

左手拿着水煙袋,右手掄着花手巾的小丫鬟叫:

「德順」。

另外一個叫:

「順平」。

管賬的先生叫:

「妙算」。

提着噴壺在澆花的使女叫:

「花姐」。

再一細看才知道那匹大白馬也是有名字的,那名字是貼在馬屁股上的,叫:

「千里駒」。

其餘的如騾子、狗、雞、鴨之類沒有名字。

那在廚房裏拉着麵條的「老王」,他身上寫着他名字的紙條,來風一吹,還忽咧忽咧地跳着。

這可真有點奇怪,自家的僕人,自己都不認識了,還要掛上個名簽。

這一點未免地使人迷離恍惚,似乎陰間究竟沒有陽間好。

雖然這麼說,羨慕這座宅子的人還是不知多少。因為

的確這座宅子是好：清悠、閒靜、鴉雀無聲，一切規整，絕不紊亂。丫鬟、使女，照着陽間的一樣，雞犬豬馬，也都和陽間一樣，陽間有什麼，到了陰間也有，陽間吃麵條，到了陰間也吃麵條，陽間有車子坐，到了陰間也一樣的有車子坐，陰間是完全和陽間一樣，一模一樣的。

只不過沒有東二道街上那大泥坑子就是了。是凡好的一律都有，壞的不必有。

五

東二道街上的紮彩舖，就紮的是這一些。一擺起來又威風、又好看，但那作坊裏邊是亂七八糟的，滿地碎紙，秫杆棍子一大堆，破盒子、亂罐子、顏料瓶子、漿糊盆、細麻繩、粗麻繩………走起路來，會使人跌倒。那裏邊砍的砍、綁的綁，蒼蠅也來回地飛着。

要做人，先做一個臉孔，糊好了，掛在牆上，男的女的，到用的時候，摘下一個來就用。給一個用秫杆捆好的人架子，穿上衣服，裝上一個頭就像人了。把一個瘦骨伶仃的用紙糊好的馬架子，上邊貼上用紙剪成的白毛，那就是一匹很漂亮的馬了。

做這樣的活計的，也不過是幾個極粗糙極醜陋的人，他們雖懂得怎樣打扮一個馬僮或是打扮一個車夫，怎樣打扮一個婦人女子，但他們對他們自己是毫不加修飾的，長頭髮的、毛頭髮的、歪嘴的、歪眼的、赤足裸膝的，似乎使人不能相信，這麼漂亮炫眼耀目，好像要活了的人似的，

是出於他們之手。

他們吃的是粗菜、粗飯，穿的是破爛的衣服，睡覺則睡在車馬、人、頭之中。

他們這種生活，似乎也很苦的。但是一天一天的，也就糊里糊塗地過去了，也就過着春夏秋冬，脫下單衣去，穿起棉衣來地過去了。

生、老、病、死，都沒有什麼表示。生了就任其自然的長去；長大就長大，長不大也就算了。

老，老了也沒有什麼關係，眼花了，就不看；耳聾了，就不聽；牙掉了，就整吞；走不動了，就擁着。這有什麼辦法，誰老誰活該。

病，人吃五穀雜糧，誰不生病呢？

死，這回可是悲哀的事情了，父親死了兒子哭；兒子死了母親哭；哥哥死了一家全哭；嫂子死了，她的娘家人來哭。

哭了一朝或是三日，就總得到城外去，挖一個坑把這人埋起來。

埋了之後，那活着的仍舊得回家照舊地過着日子。該吃飯，吃飯。該睡覺，睡覺。外人絕對看不出來是他家已經沒有了父親或是失掉了哥哥，就連他們自己也不是關起門來，每天哭上一場。他們心中的悲哀，也不過是隨着當地的風俗的大流逢年過節的到墳上去觀望一回。二月過清明，家家戶戶都提着香火去上墳塋，有的墳頭上塌了一塊土，有的墳頭上陷了幾個洞，相觀之下，感慨唏噓，燒香

點酒。若有近親的人如子女父母之類，往往且哭上一場；那哭的語句，數數落落，無異是在做一篇文章或者是在誦一篇長詩。歌誦完了之後，站起來拍拍屁股上的土，也就隨着上墳的人們回城的大流，回城去了。

回到城中的家裏，又得照舊的過着日子，一年柴米油鹽，漿洗縫補。從早晨到晚上忙了個不休。夜裏疲乏之極，躺在炕上就睡了。在夜夢中並夢不到什麼悲哀的或是欣喜的景況，只不過咬着牙、打着哼，一夜一夜地就都這樣地過去了。

假若有人問他們，人生是為了什麼？他們並不會茫然無所對答的，他們會直截了當地不假思索地說了出來：「人活着是為吃飯穿衣。」

再問他，人死了呢？他們會說：「人死了就完了。」

所以沒有人看見過做紮彩匠的活着的時候為他自己糊一座陰宅，大概他不怎麼相信陰間。假如有了陰間，到那時候他再開紮彩舖，怕又要租人家的房子了。

六

呼蘭河城裏，除了東二道街、西二道街、十字街之外，再就都是些個小胡同了。

小胡同裏邊更沒有什麼了，就連打燒餅麻花的店舖也不大有，就連賣紅綠糖球的小牀子，也都是擺在街口上去，很少有擺在小胡同裏邊的。那些住在小街上的人家，一天到晚看不見多少閒散雜人。耳聽的眼看的，都比較的少，

所以整天寂寂寞寞的，關起門來在過着生活。破草房有上半間，買上二斗豆子，煮一點鹽豆下飯吃，就是一年。

在小街上住着，又冷清、又寂寞。

一個提籃子賣燒餅的，從胡同的東頭喊，胡同西頭都聽到了。雖然不買，若走誰家的門口，誰家的人都是把頭探出來看看，間或有問一問價錢的，問一問糖麻花和油麻花現在是不是還賣着前些日子的價錢。

間或有人走過去掀開了筐子上蓋着的那張布，好像要買似的，拿起一個來摸一摸是否還是熱的。

摸完了也就放下了，賣麻花的也絕對的不生氣。

於是又提到第二家的門口去。

第二家的老太婆也是在閒着，於是就又伸出手來，打開筐子，摸了一回。

摸完了也是沒有買。

等到了第三家，這第三家可要買了。

一個三十多歲的女人，剛剛睡午覺起來，她的頭頂上梳着一個髻，大概頭髮不怎樣整齊，髮髻上罩着一個用大黑珠線織的網子，網子上還插了不少的疙瘩針。可是因為這一睡覺，不但頭髮亂了，就是那些疙瘩針也都跳出來了，好像這女人的髮髻上被射了不少的小箭頭。

她一開門就很爽快，把門扇刮打的往兩邊一分，她就從門裏閃出來了。隨後就跟出來五個孩子。這五個孩子也都個個爽快。像一個小連隊似的，一排就排好了。

第一個是女孩子，十二三歲，伸出手來就拿了一個五

吊錢一隻的一竹筷子長的大麻花。她的眼光很迅速，這麻花在這筐子裏的確是最大的，而且就只有這一個。

第二個是男孩子，拿了一個兩吊錢一隻的。

第三個也是拿了個兩吊錢一隻的。也是個男孩子。

第四個看了看，沒有辦法，也只得拿了一個兩吊錢的。也是個男孩子。

輪到第五個了，這個可分不出來是男孩子，還是女孩子。

頭是禿的，一隻耳朵上掛着鉗子，瘦得好像個乾柳條，肚子可特別大。看樣子也不過五歲。

一伸手，他的手就比其餘的四個的都黑得更厲害，其餘的四個，雖然他們的手也黑得夠厲害的，但總還認得出來那是手，而不是別的什麼，唯有他的手是連認也認不出來了，說是手嗎，說是什麼呢，說什麼都行。完全起着黑的灰的、深的淺的，各種的雲層。看上去，好像看隔山照似的，有無窮的趣味。

他就用這手在筐子裏邊挑選，幾乎是每個都讓他摸過了，不一會工夫，全個的筐子都讓他翻遍了。本來這筐子雖大，麻花也並沒有幾隻。除了一個頂大的之外，其餘小的也不過十來隻，經了他這一翻，可就完全遍了。弄了他滿手是油，把那小黑手染得油亮油亮的，黑亮黑亮的。

而後他說：

「我要大的。」

於是就在門口打了起來。

　　他跑得非常之快，他去追着他的姐姐。他的第二個哥哥，他的第三個哥哥，也都跑了上去，都比他跑得更快。再説他的大姐，那個拿着大麻花的女孩，她跑得更快到不能想像了。

　　已經找到一塊牆的缺口的地方，跳了出去，後邊的也就跟着一溜煙地跳過去。等他們剛一追着跳過去，那大孩子又跳回來了。在院子裏跑成了一陣旋風。

　　那個最小的，不知是男孩子還是女孩子的，早已追不上了。落在後邊，在號啕大哭。間或也想揀一點便宜，那就是當他的兩個哥哥，把他的姐姐已經扭住的時候，他就趁機會想要從中搶他姐姐手裏的麻花。可是幾次都沒有做到，於是又落在後邊號啕大哭。

　　他們的母親，雖然是很有威風的樣子，但是不動手是招呼不住他們的。母親看了這樣子也還沒有個完了，就進屋去，拿起燒火的鐵叉子來，向着她的孩子就奔去了。不料院子裏有一個小泥坑，是豬在裏打膩的地方。她恰好就跌在泥坑那兒了。把叉子跌出去五尺多遠。

　　於是這場戲才算達到了高潮，看熱鬧的人沒有不笑的，沒有不稱心愉快的。

　　就連那賣麻花的人也看出神了，當那女人坐到泥坑中把泥花四邊濺起來的時候，那賣麻花的差一點沒把筐子掉了地下。他高興極了，他早已經忘了他手裏的筐子了。

　　至於那幾個孩子，則早就不見了。

　　等母親起來去把他們追回來的時候，那做母親的這回

可發了威風，讓他們一個一個的向着太陽跪下。在院子裏排起一小隊來，把麻花一律的解除。

頂大的孩子的麻花沒有多少了，完全被撞碎了。

第三個孩子的已經吃完了。

第二個的還剩了一點點。

只有第四個的還拿在手上沒有動。

第五個，不用說，根本沒有拿在手裏。

鬧到結果，賣麻花的和那女人吵了一陣之後提着筐子又到另一家去叫賣去了。他和那女人所吵的是關於那第四個孩子手上拿了半天的麻花又退回了的問題，賣麻花的堅持着不讓退，那女人又非退回不可。結果是付了三個麻花的錢，就把那提籃子的人趕了出來了。

為着麻花而下跪的五個孩子不提了。再說那一進胡同口就被挨家摸索過來的麻花，被提到另外的胡同裏去，到底也賣掉了。

一個已經脫完了牙齒的老太太買了其中的一個，用紙裹着拿到屋子去了。她一邊走着一邊說：

「這麻花真乾淨，油亮亮的。」

而後招呼了她的小孫子，快來吧。

那賣麻花的人看了老太太很喜歡這麻花，於是就又說：

「是剛出鍋的，還熱忽着哩！」

七

過去了賣麻花的，後半天，也許又來了賣涼粉的，也

是一進胡同口的這頭喊，那頭就聽到了。

要買的拿着小瓦盆出去了。不買的坐在屋子一聽這賣涼粉的一招呼，就知道是應燒晚飯的時候了。因為這涼粉一個整個的夏天都是在太陽偏西，他就來的，來得那麼準，就像時鐘一樣，到了四五點鐘他必來的。就像他賣涼粉專門到這一條胡同來賣似的。似乎在別的胡同裏就沒有為着多賣幾家而耽誤了這一定的時間。

賣涼粉的一過去了。一天也就快黑了。

打着撥浪鼓的貨郎，一到太陽偏西，就再不進到小巷子裏來，就連僻靜的街他也不去了，他擔着擔子從大街口走回家去。

賣瓦盆的，也早都收市了。

揀繩頭的，換破爛的也都回家去了。

只有賣豆腐的則又出來了。

晚飯時節，吃了小葱蘸大醬就已經很可口了，若外加上一塊豆腐，那真是錦上添花，一定要多浪費兩碗苞米大雲豆粥的。一吃就吃多了，那是很自然的，豆腐加上點辣椒油，再拌上點大醬，那是多麼可口的東西；用筷子觸了一點點豆腐，就能夠吃下去半碗飯，再到豆腐上去觸了一下，一碗飯就完了。因為豆腐而多吃兩碗飯，並不算吃得多，沒有吃過的人，不能夠曉得其中的滋味的。

所以賣豆腐的人來了，男女老幼，全都歡迎。打開門來，笑盈盈的，雖然不說什麼，但是彼此有一種融洽的感情，默默生了起來。

似乎賣豆腐的在說：

「我的豆腐真好！」

似乎買豆腐的回答：

「你的豆腐果然不錯。」

買不起豆腐的人對那賣豆腐的，就非常的羨慕，一聽了那從街口越招呼越近的聲音就特別地感到誘惑，假若能吃一塊豆腐可不錯，切上一點青辣椒，拌上一點小葱子。

但是天天這樣想，天天就沒有買成，賣豆腐的一來，就把這等人白白地引誘一場。於是那被誘惑的人，仍然逗不起決心，就多吃幾口辣椒，辣得滿頭是汗。他想假若一個人開了一個豆腐房可不錯，那就可以自由隨便地吃豆腐了。

果然，他的兒子長到五歲的時候，問他：

「你長大了幹什麼？」

五歲的孩子說：

「開豆腐房。」

這顯然要繼承他父親未遂的志願。

關於豆腐這美妙的一盤菜的愛好，竟還有甚於此的，竟有想要傾家盪產的。傳說上，有這樣的一個家長，他下了決心，他說：

「不過了，買一塊豆腐吃去！」這「不過了」的三個字，用舊的語言來翻譯，就是毀家紓難的意思；用現代的話來說，就是：「我破產了！」

八

賣豆腐的一收了市，一天的事情都完了。

家家戶戶都把晚飯吃過了。吃過了晚飯，看晚霞的看晚霞，不看晚霞的躺到炕上去睡覺的也有。

這地方的晚霞是很好看的，有一個土名，叫火燒雲。說「晚霞」人們不懂，若一說「火燒雲」就連三歲的孩子也會呀呀地往西天空裏指給你看。

晚飯一過，火燒雲就上來了。照得小孩子的臉是紅的。把大白狗變成紅色的狗了。紅公雞就變成金的了。黑母雞變成紫檀色的了。餵豬的老頭子，往牆根上靠，他笑盈盈地看着他的兩匹小白豬，變成小金豬了，他剛想說：

「他媽的，你們也變了……」

他的旁邊走來了一個乘涼的人，那人說：

「你老人家必要高壽，你老是金鬍子了。」

天空的雲，從西邊一直燒到東邊，紅堂堂的，好像是天着了火。

這地方的火燒雲變化極多，一會紅堂堂的了，一會金洞洞的了，一會半紫半黃的，一會半灰半百合色。葡萄灰、大黃梨、紫茄子，這些顏色天空上邊都有。還有些說也說不出來的，見也未曾見過的，諸多種的顏色。

五秒鐘之內，天空裏有一匹馬，馬頭向南，馬尾向西，那馬是跪着的，像是在等着有人騎到牠的背上，牠才站起來。再過一秒鐘，沒有什麼變化。再過兩三秒鐘，那匹馬加大了，馬腿也伸開了，馬脖子也長了，但是一條馬尾巴

卻不見了。

　　看的人，正在尋找馬尾巴的時候，那馬就變糜了。

　　忽然又來了一條大狗，這條狗十分兇猛，牠在前邊跑着，牠的後面似乎還跟了好幾條小狗仔。跑着跑着，小狗就不知跑到哪裏去了，大狗也不見了。

　　又找到了一個大獅子，和娘娘廟門前的大石頭獅子一模一樣的，也是那麼大，也是那樣的蹲着，很威武的，很鎮靜地蹲着，牠表示着蔑視一切的樣子，似乎眼睛連什麼也不

睞，看着看着，一不謹慎，同時又看到了別一個什麼。這時候，可就麻煩了，人的眼睛不能同時又看東，又看西。這樣子會活活把那個大獅子糟蹋了。一轉眼，一低頭，那天空的東西就變了。若是再找，怕是看瞎了眼睛也找不到了。

大獅子既然找不到，另外的那什麼，比方就是一個猴子吧，猴子雖不如大獅子，可同時也沒有了。

一時恍恍惚惚的，滿天空裏又像這個，又像那個，其實是什麼也不像，什麼也沒有了。

必須是低下頭去，把眼睛揉一揉，或者是沉靜一會再來看。

可是天空偏偏又不常常等待着那些愛好它的孩子。一會工夫火燒雲下去了。

於是孩子們困倦了，回屋去睡覺了。竟有還沒能來得及進屋的，就靠在姐姐的腿上，或者是依在祖母的懷裏就睡着了。

祖母的手裏，拿着白馬鬃的蠅甩子，就用蠅甩子給他驅逐着蚊蟲。

祖母還不知道這孩子是已經睡了，還以為他在那裏玩着呢！

「下去玩一會去吧！把奶奶的腿壓麻了。」

用手一推，這孩子已經睡得搖搖晃晃的了。

這時候，火燒雲已經完全下去了。

於是家家戶戶都進屋去睡覺，關起窗門來。

呼蘭河這地方，就是在六月裏也是不十分熱的，夜裏

總要蓋着薄棉被睡覺。

等黃昏之後的烏鴉飛過時，只能夠隔着窗子聽到那很少的尚未睡的孩子在嚷叫：

烏鴉烏鴉你打場，

給你二斗糧……

那漫天蓋地的一羣黑烏鴉，呱呱地大叫着，在整個的縣城的頭頂上飛過去了。

據說飛過了呼蘭河的南岸，就在一個大樹林子裏邊住下了。明天早晨起來再飛。

夏秋之間每夜要過烏鴉，究竟這些成百成千的烏鴉過到哪裏去，孩子們是不大曉得的，大人們也不大講給他們聽。

只曉得唸這套歌，「烏鴉烏鴉你打場，給你二斗糧。」究竟給烏鴉二斗糧做什麼，似乎不大有道理。

九

烏鴉一飛過，這一天才真正地過去了。

因為大昴星升起來了，大昴星好像銅球似的亮晶晶的。

天河和月亮也都上來了。

蝙蝠也飛起來了。

是凡跟着太陽一起來的，現在都回去了。人睡了，豬、馬、牛、羊也都睡了，燕子和蝴蝶也都不飛了。就連房根

底下的牽牛花，也一朵沒有開的。含苞的含苞，蜷縮的蜷縮。含苞的準備着歡迎那早晨又要來的太陽，那蜷縮的，因為它已經在昨天歡迎過了，它要落去了。

隨着月亮上來的星夜，大昴星也不過是月亮的一個馬前卒，讓它先跑到一步就是了。

夜一來蛤蟆就叫，在河溝裏叫，在窪地裏叫。蟲子也叫，在院心草棵子裏，在城外的大田上，有的叫在人家的花盆裏，有的叫在人家的墳頭上。

夏夜若無風無雨就這樣地過去了，一夜又一夜。

很快地夏天就過完了，秋天就來了。秋天和夏天的分別不太大，也不過天涼了，夜裏非蓋着被子睡覺不可。種田的人白天忙着收割，夜裏多做幾個割高粱的夢就是了。

女人一到了八月也不過就是漿衣裳，拆被子，捶棒槌，捶得街街巷巷早晚叮叮噹噹地亂響。

「棒槌」一捶完，做起被子來，就是冬天。

冬天下雪了。

人們四季裏，風、霜、雨、雪的過着，霜打了，雨淋了。

大風來時是飛沙走石。似乎是很了不起的樣子。冬天，大地被凍裂了，江河被凍住了。再冷起來，江河也被凍得鏘鏘地響着裂開了紋。冬天，凍掉了人的耳朵，……破了人的鼻子……裂了人的手和腳。

但這是大自然的威風，與小民們無關。

呼蘭河的人們就是這樣，冬天來了就穿棉衣裳，夏天來了就穿單衣裳。就好像太陽出來了就起來，太陽落了就

睡覺似的。

被冬天凍裂了手指的，到了夏天也自然就好了。好不了的，「李永春」藥舖，去買二兩紅花，泡一點紅花酒來擦一擦，擦得手指通紅也不見消，也許就越來越腫起來。那麼再到「李永春」藥舖去，這回可不買紅花了，是買了一貼膏藥來。回到家裏，用火一烤，黏黏糊糊地就貼在凍瘡上了。這膏藥是真好，貼上了一點也不礙事。該趕車的去趕車，該切菜的去切菜。黏黏糊糊地是真好，見了水也不掉，該洗衣裳的去洗衣裳好了。就是掉了，拿在火上再一烤，就還貼得上的。

一貼，貼了半個月。

呼蘭河這地方的人，什麼都講結實、耐用，這膏藥這樣的耐用，實在是合乎這地方的人情。雖然是貼了半個月，手也還沒有見好，但這膏藥總算是耐用，沒有白花錢。

於是再買一貼去，貼來貼去，這手可就越腫越大了。還有些買不起膏藥的，就揀人家貼乏了的來貼。

到後來，那結果，誰曉得是怎樣呢，反正一塌糊塗去了吧。

春夏秋冬，一年四季來回循環地走，那是自古也就這樣的了。風霜雨雪，受得住的就過去了，受不住的，就尋求着自然的結果。那自然的結果不大好，把一個人默默地一聲不響地就拉着離開了這人間的世界了。

至於那還沒有被拉去的，就風霜雨雪，仍舊在人間被吹打着。

第二章

一

呼蘭河除了這些卑瑣平凡的實際生活之外，在精神上，也還有不少的盛舉，如：

跳大神；

唱秧歌；

放河燈；

野台子戲；

四月十八娘娘廟大會……

先說大神。大神是會治病的，她穿着奇怪的衣裳，那衣裳平常的人不穿；紅的，是一張裙子，那裙子一圍在她的腰上，她的人就變樣了。開初，她並不打鼓，只是一圍起那紅花裙子就哆嗦。從頭到腳，無處不哆嗦，哆嗦了一陣之後，又開始打顫。她閉着眼睛，嘴裏邊嘰咕的。每一打顫，就裝出來要倒的樣子。把四邊的人都嚇得一跳，可是她又坐住了。

大神坐的是凳子，她的對面擺着一塊牌位，牌位上貼着紅紙，寫着黑字。那牌位越舊越好，好顯得她一年之中跳神的次數不少，越跳多了就越好，她的信用就遠近皆知。她的生意就會興隆起來。那牌前，點着香，香煙慢慢地旋着。

那女大神多半在香點了一半的時候神就下來了。那神一下來，可就威風不同，好像有萬馬千軍讓她領導似的，

她全身是勁，她站起來亂跳。

　　大神的旁邊，還有一個二神，當二神的都是男人。他並不昏亂，他是清晰如常的，他趕快把一張圓鼓交到大神的手裏，大神拿了這鼓，站起來就亂跳，先訴説那附在她身上的神靈的下山的經歷，是乘着雲，是隨着風，或者是駕霧而來，説得非常之雄壯。二神站在一邊，大神問他什麼，他回答什麼。好的二神是對答如流的，壞的二神，一不加小心説沖着了大神的一字，大神就要鬧起來的。大神一鬧起來的時候，她也沒有別的辦法，只是打着鼓，亂罵一陣，説這病人，不出今夜就必得死的，死了之後，還會遊魂不散，家族、親戚、鄉裏都要招災的。這時嚇得那請神的人家趕快燒香點酒，燒香點酒之後，若再不行，就得趕送上紅布來，把紅布掛在牌位上，若再不行，就得殺雞，若鬧到了殺雞這個階段，就多半不能再鬧了。因為再鬧就沒有什麼想頭了。

　　這雞、這布，一律都歸大神所有，跳過了神之後，她把雞拿回家去自己煮上吃了。把紅布用藍靛染了之後，做起褲子穿了。

　　有的大神，一上手就百般的下不來神。請神的人家就得趕快地殺雞來，若一殺慢了，等一會跳到半道就要罵的，誰家請神都是為了治病，被大神罵，是非常不吉利的。所以對大神是非常尊敬的，又非常怕。

　　跳大神，大半是天黑跳起，只要一打起鼓來，就男女老幼，都往這跳神的人家跑，若是夏天，就屋裏屋外都擠滿了人。還有些女人，拉着孩子，抱着孩子，哭天叫地地

從牆頭上跳過來，跳過來看跳神的。

跳到半夜時分，要送神歸山了，那時候，那鼓打得分外地響，大神也唱得分外地好聽；鄰居左右，十家二十家的人家都聽得到，使人聽了起着一種悲涼的情緒，二神嘴裏唱：

大仙家回山了，要慢慢地走，要慢慢地行。

大神説：

我的二仙家，青龍山，白虎山……夜行三千里，乘着風兒不算難……

這唱着的詞調，混合着鼓聲，從幾十丈遠的地方傳來，實在是冷森森的，越聽就越悲涼。聽了這種鼓聲，往往終夜而不能眠的人也有。

請神的人家為了治病，可不知那家的病人好了沒有？卻使鄰居街坊感慨興歎，終夜而不能已的也常常有。

滿天星光，滿屋月亮，人生何如，為什麼這麼悲涼。

過了十天半月的，又是跳神的鼓，當當地響。於是人們又都着了慌，爬牆的爬牆，登門的登門，看看這一家的大神，顯的是什麼本領，穿的是什麼衣裳。聽聽她唱的是什麼腔調，看看她的衣裳漂亮不漂亮。

跳到了夜靜時分，又是送神回山。送神回山的鼓，個

個都打得漂亮。

若趕上一個下雨的夜，就特別淒涼，寡婦可以落淚，鰥夫就要起來彷徨。

那鼓聲就好像故意招惹那般不幸的人，打得有急有慢，好像一個迷路的人在夜裏訴說着他的迷惘，又好像不幸的老人在回想着他幸福的短短的幼年。又好像慈愛的母親送着她的兒子遠行。又好像是生離死別，萬分地難捨。

人生為了什麼，才有這樣淒涼的夜。

似乎下回再有打鼓的連聽也不要聽了。其實不然，鼓一響就又是上牆頭的上牆頭，側着耳朵聽的側着耳朵在聽，比西洋人赴音樂會更熱心。

二

七月十五盂蘭會，呼蘭河上放河燈了。

河燈有白菜燈、西瓜燈，還有蓮花燈。

和尚、道士吹着笙、管、笛、簫，穿着拼金大紅緞子的褊衫。在河沿上打起場子來在做道場。那樂器的聲音離開河沿二里路就聽到了。

一到了黃昏，天還沒有完全黑下來，奔着去看河燈的人就絡繹不絕了。小街大巷，哪怕終年不出門的人，也要隨着人羣奔到河沿去。先到了河沿的就蹲在那裏。沿着河岸蹲滿了人，可是從大街小巷往外出發的人仍是不絕，瞎子、瘸子都來看河燈（這裏說錯了，唯獨瞎子是不來看河燈的），把街道跑得冒了煙了。

姑娘、媳婦，三個一羣，兩個一夥，一出了大門，不用問，到哪裏去。就都是看河燈去。

黃昏時候的七月，火燒雲剛剛落下去，街道上發着顯微的白光，喊喊喳喳，把往日的寂靜都沖散了，個個街道都活了起來，好像這城裏發生了大火，人們都趕去救火的樣子。非常忙迫，踢踢踏踏地向前跑。

先跑到了河沿的就蹲在那裏，後跑到的，也就擠上去蹲在那裏。

大家一齊等候着，等候着月亮高起來，河燈就要從水上放下來了。

七月十五日是個鬼節，死了的冤魂怨鬼，不得脫生，纏綿在地獄裏邊是非常苦的，想脫生，又找不着路。這一天若是每個鬼托着一個河燈，就可得以脫生。大概從陰間到陽間的這一條路，非常之黑，若沒有燈是看不見路的。所以放河燈這件事情是件善舉。可見活着的正人君子們，對着那些已死的冤魂怨鬼還沒有忘記。

但是這其間也有一個矛盾，就是七月十五這夜生的孩子，怕是都不大好，多半都是野鬼托着個蓮花燈投生而來的。這個孩子長大了將不被父母所喜歡，長到結婚的年齡，男女兩家必要先對過生日時辰，才能夠結親。若是女家生在七月十五，這女子就很難出嫁，必須改了生日，欺騙男家。若是男家七月十五的生日，也不大好，不過若是財產豐富的，也就沒有多大關係，嫁是可以嫁過去的，雖然就是一個惡鬼，有了錢大概怕也不怎樣惡了。但在女子這方

面可就萬萬不可，絕對的不可以；若是有錢的寡婦的獨養
女，又當別論，因為娶了這姑娘可以有一份財產在那裏晃
來晃去，就是娶了而帶不過財產來，先說那一份妝盒也是
少不了的。假說女子就是一個惡鬼的化身，但那也不要緊。

平常的人說：「有錢能使鬼推磨。」似乎人們相信鬼
是假的，有點不十分真。

但是當河燈一放下來的時候，和尚為着慶祝鬼們更生，
打着鼓，叮噹地響；唸着經，好像緊急符咒似的，表示着，
這一工夫可是千金一刻，且莫匆匆地讓過，諸位男鬼女鬼，
趕快托着燈去投生吧。

唸完了經，就吹笙管笛簫，那聲音實在好聽，遠近皆
聞。

同時那河燈從上流擁擁擠擠，往下浮來了。浮得很慢，
又鎮靜、又穩當，絕對的看不出來水裏邊會有鬼們來捉了
它們去。

這燈一下來的時候，金呼呼的，亮通通的，又加上有
千萬人的觀眾，這舉動實在是不小的。河燈之多，有數不
過來的數目，大概是幾千百隻。兩岸上的孩子們，拍手叫
絕，跳腳歡迎。大人則都看出了神了，一聲不響，陶醉在
燈光河色之中。燈光照得河水幽幽地發亮。水上跳躍着天
空的月亮。真是人生何世，會有這樣好的景況。

一直鬧到月亮來到了中天，大昴星，二昴星，三昴星
都出齊了的時候，才算漸漸地從繁華的景況，走向了冷靜
的路去。

　　河燈從幾里路長的上流，流了很久很久才流過來了。再流了很久很久才流過去了。在這過程中，有的流到半路就滅了。有的被沖到了岸邊，在岸邊生了野草的地方就被掛住了。還有每當河燈一流到了下流，就有些孩子拿着竿子去抓它，有些漁船也順手取了一兩隻。到後來河燈越來越稀疏了。

　　到往下流去，就顯出荒涼孤寂的樣子來了。因為越流越少了。

　　流到極遠處去的，似乎那裏的河水也發了黑。而且是流着流着地就少了一個。

　　河燈從上流過來的時候，雖然路上也有許多落伍的，也有許多淹滅了的，但始終沒有覺得河燈是被鬼們托着走了的感覺。

　　可是當這河燈，從上流的遠處流來，人們是滿心歡喜的，等流過了自己，也還沒有什麼，唯獨到了最後，那河燈流到了極遠的下流去的時候，使看河燈的人們，內心裏無由地來了空虛。

　　「那河燈，到底是要漂到哪裏去呢？」

　　多半的人們，看到了這樣的景況，就抬起身來離開了河沿回家去了。於是不但河裏冷落，岸上也冷落了起來。

　　這時再往遠處的下流看去，看着，看着，那燈就滅了一個。再看着看着，又滅了一個，還有兩個一塊滅的。於是就真像被鬼一個一個地托着走了。

　　打過了三更，河沿上一個人也沒有了，河裏邊一個燈

也沒有了。

河水是寂靜如常的，小風把河水皺着極細的波浪。月光在河水上邊並不像在海水上邊閃着一片一片的金光，而是月亮落到河底裏去了。似乎那漁船上的人，伸手可以把月亮拿到船上來似的。

河的南岸，盡是柳條叢，河的北岸就是呼蘭河城。

那看河燈回去的人們，也許都睡着了。不過月亮還是在河上照着。

三

野台子戲也是在河邊上唱的。也是秋天，比方這一年秋收好，就要唱一台子戲，感謝天地。若是夏天大旱，人們戴起柳條圈來求雨，在街上幾十人，跑了幾天，唱着，打着鼓。

求雨的人不准穿鞋，龍王爺可憐他們在太陽下邊把腳燙得很痛，就因此下了雨了。一下了雨，到秋天就得唱戲的，因為求雨的時候許下了願。許願就得還願，若是還願的戲就更非唱不可了。

一唱就是三天。

在河岸的沙灘上搭起了台子來。這台子是用杆子綁起來的，上邊搭上了席棚，下了一點小雨也不要緊，太陽則完全可以遮住的。

戲台搭好了之後，兩邊就搭看台。看台還有樓座。坐在那樓座上是很好的，又風涼，又可以遠眺。不過，樓座

是不大容易坐得到的，除非當地的官、紳，別人是不大坐得到的。既不賣票，哪怕你有錢，也沒有辦法。

只搭戲台，就搭三五天。

台子的架一豎起來，城裏的人就說：

「戲台豎起架子來了。」

一上了棚，人就說：

「戲台上棚了。」

戲台搭完了就搭看台，看台是順着戲台的左邊搭一排，右邊搭一排，所以是兩排平行而相對的。一搭要搭出十幾丈遠去。

眼看台子就要搭好了，這時候，接親戚的接親戚，喚朋友的喚朋友。

比方嫁了的女兒，回來住娘家，臨走（回婆家）的時候，做母親的送到大門外，擺着手還說：

「秋天唱戲的時候，再接你來看戲。」

女兒坐着的車子遠了，母親含着眼淚還說：

「看戲的時候接你回來。」

所以一到了唱戲的時候，可並不是簡單地看戲，而是接姑娘喚女婿，熱鬧得很。

東家的女兒長大了，西家的男孩子也該成親了，說媒的這個時候，就走上門來。約定兩家的父母在戲台底下，第一天或是第二天，彼此相看。也有只通知男家而不通知女家的，這叫做「偷看」，這樣的看法，成與不成，沒有關係，比較的自由，反正那家的姑娘也不知道。

所以看戲去的姑娘，個個都打扮得漂亮。都穿了新衣裳，擦了胭脂塗了粉，劉海剪得並排齊。頭辮梳得一絲不亂，紮了紅辮根，綠辮梢。也有紮了水紅的，也有紮了蛋青的。走起路來像客人，吃起瓜子來，頭不歪眼不斜的，溫文爾雅，都變成了大家閨秀。有的着蛋青市布長衫，有的穿了藕荷色的，有的銀灰的。有的還把衣服的邊上壓了條，有的蛋青色的衣裳壓了黑條，有的水紅洋紗的衣裳壓了藍條，腳上穿了藍緞鞋，或是黑緞繡花鞋。

鞋上有的繡着蝴蝶，有的繡着蜻蜓，有的繡着蓮花，繡着牡丹的，各樣的都有。

手裏邊拿着花手巾。耳朵上戴了長鉗子，土名叫做「帶穗鉗子」。這帶穗鉗子有兩種，一種是金的、翠的；一種是銅的、琉璃的。有錢一點的戴金的，稍微差一點的帶琉璃的。反正都很好看，在耳朵上搖來晃去。黃乎乎，綠森森的。再加上滿臉矜持的微笑，真不知這都是誰家的閨秀。

那些已嫁的婦女，也是照樣地打扮起來，在戲台下邊，東鄰西舍的姊妹們相遇了，好互相的品評。

誰的模樣俊，誰的鬢角黑。誰的手鐲是福泰銀樓的新花樣，誰的壓頭簪又小巧又玲瓏。誰的一雙絳紫緞鞋，真是繡得漂亮。

老太太雖然不穿什麼帶顏色的衣裳，但也個個整齊，人人利落，手拿長煙袋，頭上撇着大扁方。慈祥，溫靜。

戲還沒有開台，呼蘭河城就熱鬧得不得了了，接姑娘的，喚女婿的，有一個很好的童謠：

拉大鋸，扯大鋸，老爺（外公）門口唱大戲。

接姑娘，喚女婿，小外孫也要去……

於是乎不但小外甥，三姨二姑也都聚在了一起。

每家如此，殺雞買酒，笑語迎門，彼此談着家常，說着趣事，每夜必到三更，燈油不知浪費了多少。

某村某村，婆婆虐待媳婦。哪家哪家的公公喝了酒就耍酒瘋。又是誰家的姑娘出嫁了剛過一年就生了一對雙生。又是誰的兒子十三歲就定了一家十八歲的姑娘做妻子。

燭火燈光之下，一談談個半夜，真是非常的溫暖而親切。

一家若有幾個女兒，這幾個女兒都出嫁了，親姊妹，兩三年不能相遇的也有。平常是一個住東，一個住西。不是隔水的就是離山，而且每人有一大羣孩子，也各自有自己的家務，若想彼此過訪，那是不可能的事情。

若是做母親的同時把幾個女兒都接來了，那她們的相遇，真彷彿已經隔了三十年了。相見之下，真是不知從何說起，羞羞慚慚，欲言又止，剛一開口又覺得不好意思，過了一刻工夫，耳臉都發起燒來，於是相對無語，心中又喜又悲。過了一袋煙的工夫，等那往上衝的血流落了下去，彼此都逃出了那種昏昏恍恍的境界，這才來找幾句不相干的話來開頭；或是——

「你多咱來的？」

或是——

「孩子們都帶來了？」

關於別離了幾年的事情，連一個字也不敢提。

從表面上看來，她們並不是像姊妹，絲毫沒有親熱的表現。面面相對的，不知道她們兩個人是什麼關係，似乎連認識也不認識，似乎從前她們兩個並沒有見過，而今天是第一次的相見，所以異常的冷落。

但是這只是外表，她們的心裏，就早已溝通着了。甚至於在十天或半月之前，她們的心裏就早已開始很遠地牽動起來，那就是當着她們彼此都接到了母親的信的時候。

那信上寫着迎接她們姊妹回來看戲的。

從那時候起，她們就把要送給姐姐或妹妹的禮物規定好了。

一雙黑大絨的雲子卷，是親手做的。或者就在她們的本城和本鄉裏，有一個出名的染缸房，那染缸房會染出來很好的麻花布來。於是送了兩匹白布去，囑咐他好好地加細地染着。一匹是白地染藍花，一匹是藍地染白花。藍地的染的是劉海戲金蟾，白地的染的是蝴蝶鬧蓮花。

一匹送給大姐姐，一匹送給三妹妹。

現在這東西，就都帶在箱子裏邊。等過了一天二日的，尋個夜深人靜的時候，輕輕地從自己的箱底把這等東西取出來，擺在姐姐的面前，說：

「這麻花布被面，你帶回去吧！」

只說了這麼一句，看樣子並不像是送禮物，並不像今人似的，送一點禮物很怕鄰居左右看不見，是大嚷大吵着

的，説這東西是從什麼山上，或是什麼海裏得來的，那怕是小河溝子的出品，也必要連那小河溝子的身分也提高，説河溝子是怎樣地不凡，是怎樣地與眾不同，可不同別的河溝子。

這等鄉下人，糊里糊塗的，要表現的，無法表現，什麼也説不出來，只能把東西遞過去就算了事。

至於那受了東西的，也是不會説什麼，連聲道謝也不説，就收下了。也有的稍微推辭了一下，也就收下了。

「留着你自己用吧！」

當然那送禮物的是加以拒絕。一拒絕，也就收下了。

每個回娘家看戲的姑娘，都零零碎碎的帶來一大批東西。送父母的，送兄嫂的，送姪女的，送三親六故的。帶了東西最多的，是凡見了長輩或晚輩都多少有點東西拿得出來，那就是誰的人情最周到。

這一類的事情，等野台子唱完，拆了台子的時候，家家戶戶才慢慢的傳誦。

每個從娘家回婆家的姑娘，也都帶着很豐富的東西，這些都是人家送給她的禮品。東西豐富得很，不但有用的，也有吃的，母親親手裝的鹹肉，姐姐親手曬的乾魚，哥哥上山打獵打了一隻雁來醃上，至今還有一隻雁大腿，這個也給看戲小姑娘帶回去，帶回去給公公去喝酒吧。

於是**烏三八四**[①]的，離走的前一天晚上，真是忙了個不

---

① 烏三八四：形容十分雜亂。

休，就要分散的姊妹們連說個話兒的工夫都沒有了。大包小包一大堆。

再說在這看戲的時間，除了看親戚，會朋友，還成了許多好事，那就是誰家的女兒和誰家公子訂婚了，說是明年二月，或是三月就要娶親。訂婚酒，已經吃過了，眼前就要過「小禮」的，所謂「小禮」就是在法律上的訂婚形式，一經過了這番手續，東家的女兒，終歸就要成了西家的媳婦了。

也有男女兩家都是外鄉趕來看戲的，男家的公子也並不在，女家的小姐也並不在。只是兩家的雙親有媒人從中溝通着，就把親事給定了。也有的喝酒作樂的隨便的把自己的女兒許給了人家。也有的男女兩家的公子、小姐都還沒有生出來，就給定下親了。這叫做「指腹為親」。這指腹為親的，多半都是相當有點資財的人家才有這樣的事。

兩家都很有錢，一家是本地的燒鍋掌櫃的，一家是白旗屯的大窩堡，兩家是一家種高粱，是一家開燒鍋。開燒鍋的需要高粱，種高粱的需要燒鍋買他的高粱，燒鍋非高粱不可，高粱非燒鍋不行。恰巧又趕上這兩家的婦人，都要將近生產，所以就「指腹為親」了。

不管是誰家生了男孩子，誰家生了女孩子，只要是一男一女就規定他們是夫婦。假若兩家都生了男孩，都就不能勉強規定了。兩家都生了女孩也是不能夠規定的。

但是這指腹為親，好處不太多，壞處是很多的。半路上當中的一家窮了，不開燒鍋了，或者沒有窩堡了。其餘的一家，就不願意娶他家的姑娘，或是把女兒嫁給一家窮

人。假若女家窮了，那還好辦，若實在不娶，他也沒有什麼辦法。若是男家窮了，男家就一定要娶，若一定不讓娶，那姑娘的名譽就很壞，說她把誰家誰給「妨」窮了，又不嫁了。「妨」字在迷信上說就是因為她命硬，因為她某家某家窮了。以後她就不大容易找婆家，會給她起一個名叫做「望門妨」。無法，只得嫁過去，嫁過去之後，妯娌之間又要說她嫌貧愛富，百般地侮辱她。丈夫因此也不喜歡她了，公公婆婆也虐待她，她一個年輕的未出過家門的女子，受不住這許多攻擊，回到娘家去，娘家也無甚辦法，就是那當年指腹為親的母親說：

「這都是你的命（命運），你好好地耐着吧！」

年輕的女子，莫名其妙的，不知道自己為什麼要有這樣的命，於是往往演出悲劇來，跳井的跳井，上吊的上吊。

古語說：「女子上不了戰場。」

其實不對的，這井多麼深，平白地你問一個男子，問他這井敢跳不敢跳，怕他也不敢的。而一個年輕的女子竟敢了，上戰場不一定死，也許回來鬧個一官半職的。可是跳井就很難不死，一跳就多半跳死了。

那麼節婦坊上為什麼沒寫着讚美女子跳井跳得勇敢的讚詞？那是修節婦坊的人故意給刪去的。因為修節婦坊的，多半是男人。他家裏也有一個女人。他怕是寫上了，將來他打他女人的時候，他的女人也去跳井。女人也跳下井，留下來一大羣孩子可怎麼辦？於是一律不寫。只寫，溫文爾雅，孝順公婆……

大戲還沒有開台，就來了這許多事情。等大戲一開了台，那戲台下邊，真是人山人海，擁擠不堪。搭戲台的人，也真是會搭，正選了一塊平平坦坦的大沙灘，又光滑、又乾淨，使人就是倒在上邊，也不會把衣裳沾一絲兒的土星。這沙灘有半里路長。

　　人們笑語連天，哪裏是在看戲，鬧得比鑼鼓好像更響，那戲台上出來一個穿紅的，進去一個穿綠的，只看見搖搖擺擺地走出走進，別的什麼也不知道了，不用說唱得好不好，就連聽也聽不到。離着近的還看得見不掛鬍子的戲子在張嘴，離得遠的就連戲台那個穿紅衣裳的究竟是一個**坤角**①，還是一個男角也都不大看得清楚。簡直是還不如看木偶戲。

　　但是若有一個唱木偶戲的這時候來在台下，唱起來，問他們看不看，那他們一定不看的，哪怕就連戲台子的邊也看不見了，哪怕是站在二里路之外，他們也不看那木偶戲的。因為在大戲台底下，哪怕就是睡了一覺回去，也總算是從大戲台子底下回來的，而不是從什麼別的地方回來的。

　　一年沒有什麼別的好看，就這一場大戲還能夠輕易地放過嗎？所以無論看不看，戲台底下是不能不來。

　　所以一些鄉下的人也都來了，趕着幾套馬的大車，趕着老牛車，趕着花輪子，趕着小車子。小車子上邊駕着大

---

① **坤角**：坤為女性或女方代稱。坤角是指戲曲裏的女演員。

騾子。

總之家裏有什麼車就駕了什麼車來。也有的似乎他們家裏並不養馬，也不養別的牲口，就只用了一匹小毛驢，拉着一個花輪子也就來了。

來了之後，這些車馬，就一齊停在沙灘上，馬匹在草包上吃着草，騾子到河裏去喝水。車子上都搭席棚，好像小看台似的，排列在戲台的遠處。那車子帶來了他們的全家，從祖母到孫子媳，老少三輩，他們離着戲台二三十丈遠，聽是什麼也聽不見的，看也很難看到什麼，也不過是五紅大綠的，在戲台上跑着圈子，頭上戴着奇怪的帽子，身上穿着奇怪的衣裳。誰知道那些人都是幹什麼的，有的看了三天大戲子台，而連一場的戲名字也都叫不出來。回到鄉下去，他也跟着人家說長道短的，偶爾人家問了他說的是哪齣戲，他竟瞪了眼睛，說不出來了。

至於一些孩子們在戲台底下，就更什麼也不知道了，只記住一個大鬍子，一個花臉的，誰知道那些都是在做什麼，比比畫畫，刀槍棍棒的亂鬧一陣。

反正戲台底下有些賣涼粉的，有些賣糖球的，隨便吃去好了。什麼黏糕，油炸饅頭，豆腐腦都有，這些東西吃了又不飽，吃了這樣再去吃那樣。賣西瓜的，賣香瓜的，戲台底下都有，招得蒼蠅一大堆，嗡嗡地飛。

戲台下敲鑼打鼓震天地響。

那唱戲的人，也似乎怕遠處的人聽不見，也在拚命地喊，喊破了喉嚨也壓不住台的。那在台下的早已忘記了是

在看戲，都在那裏説長道短，男男女女的談起家常來。還有些個遠親，平常一年也看不到，今天在這裏看到了，哪能下打招呼。所以三姨二嬸子的，就在人多的地方大叫起來，假若是在看台的涼棚裏坐着，忽然有一個老太太站了起來，大叫着説：

「他二舅母，你可多咱來的？」

於是那一方也就應聲而起。原來坐在看台的樓座上的，離着戲比較近，聽唱是聽得到的，所以那看台上比較安靜。姑娘媳婦都吃着爪子，喝着茶。對這大嚷大叫的人，別人雖然討厭，但也不敢去禁止，你若讓她小一點聲講話，她會罵了出來：

「這野台子戲，也不是你家的，你願聽戲，你請一台子到你家裏去唱……」

另外的一個也説：

「喲喲，我沒見過，看起戲來，都六親不認了，説個話兒也不讓……」

這還是比較好的，還有更不客氣的，一開口就説：

「小養漢老婆……你奶奶，一輩子家裏外頭沒受過誰的大聲小氣，今天來到戲台底下受你的管教來啦，你娘的……」

被罵的人若是不搭言，過一會兒也就了事了，若一搭言，自然也沒有好聽的。於是兩邊就打了起來啦，西瓜皮之類就飛了過去。

這來在戲台下看戲的，不料自己竟演起戲來，於是人

們一窩蜂似的，都聚在這個真打真罵的活戲的方面來了。也有一些流氓混子之類，故意地叫着好，惹得全場的人哄哄大笑。假若打仗的還是個年輕的女子，那些討厭的流氓們還會説着各樣的俏皮話，使她火上加油越罵就越兇猛。

自然那老太太無理，她一開口就罵了人。但是一鬧到後來，誰是誰非也就看不出來了。

幸而戲台上的戲子總算沉着，不為所動，還在那裏阿拉阿拉地唱。過了一個時候，那打得熱鬧的也究竟平靜了。

再説戲台下邊也有一些個調情的，那都是南街豆腐房裏的嫂嫂，或是碾磨房的碾倌磨倌的老婆。碾倌的老婆看上了一個趕馬車的車夫。或是豆腐匠看上了開糧米舖那家的小姑娘。有的是兩方面都眉來眼去，有的是一方面殷勤，他一方面則表示要拒之千里之外。這樣的多半是一邊低，一邊高，兩方面的資財不對。

紳士之流，也有調情的，彼此都坐在看台之上，東張張，西望望。三親六故，姐夫小姨之間，未免地就要多看幾眼，何況又都打扮得漂亮，非常好看。

紳士們平常到別人家的客廳去拜訪的時候，絕不能夠看上了人家的小姐就不住地看，那該多麼不紳士，那該多麼不講道德。那小姐若一告訴了她的父母，她的父母立刻就和這樣的朋友絕交。絕交了，倒不要緊，要緊的是一傳出去名譽該多壞。紳士是高雅的，哪能夠不清不白的，哪能夠不分長幼地去存心朋友的女兒，像那般下等人似的。

紳士彼此一拜訪的時候，都是先讓到客廳裏去，端端

莊莊地坐在那裏，而後倒茶裝煙。規矩禮法，彼此都尊為是上等人。朋友的妻子兒女，也都出來拜見，尊為長者。在這種時候，只能問問大少爺的書讀了多少，或是又寫了多少字了。連朋友的太太也不可以過多的談話，何況朋友的女兒呢？那就連頭也不能夠抬的，哪裏還敢細看。

現在在戲台上看看怕不要緊，假設有人問道，就説是東看西看，瞧一瞧是否有朋友在別的看台上。何況這地方又人多眼雜，也許沒有人留意。

三看兩看的，朋友的小姐倒沒有看上，可看上了一個不知道在什麼地方見到過的一位婦人，那婦人拿着小小的鵝翎扇子，從扇子梢上往這邊轉着眼珠，雖説是一位婦人，可是又年輕，又漂亮。

這時候，這紳士就應該站起來打着口哨，好表示他是開心的，可是我們中國上一輩的老紳士不會這一套。他另外也有一套，就是他的眼睛似睜非睜的迷離恍惚的望了出去，表示他對她有無限的情意。可惜離得太遠，怕不會看得清楚，也許是枉費了心思了。

也有的在戲台下邊，不聽父母之命，不聽媒妁之言，自己就結了終生不解之緣。這多半是表哥表妹等等，稍有點出身來歷的公子小姐的行為。他們一言為定，終生合好。間或也有被父母所阻攔，生出來許多波折。但那波折都是非常美麗的，使人一講起來，真是比看《紅樓夢》更有趣味。來年再唱大戲的時候，姊妹們一講起這佳話來，真是增添了不少的回想……

趕着車進城來看戲的鄉下人，他們就在河邊沙灘上，紮了營了。夜裏大戲散了，人們都回家了，只有這等連車帶馬的，他們就在沙灘上過夜。好像出征的軍人似的，露天為營。

有的住了一夜，第二夜就回去了。有的住了三夜，一直到大戲唱完，才趕着車子回鄉。不用說這沙灘上是很雄壯的，夜裏，他們每家燃了火，煮茶的煮茶，談天的談天，但終歸是人數太少，也不過二三十輛車子。所燃起來的火，也不會火光衝天，所以多少有一些淒涼之感。夜深了，住在河邊上，被河水吸着又特別的涼，人家睡起覺來都覺得冷森森的。尤其是車夫馬倌之類，他們不能夠睡覺，怕是有土匪來搶劫他們馬匹，所以就坐以待旦。

於是在紙燈籠下邊，三個兩個的賭錢。賭到天色發白了，該牽着馬到河邊去飲水去了。在河上，遇到了捉蟹的蟹船。蟹船上的老頭說：

「昨天的《打漁殺家》唱得不錯，聽說今天有《汾河灣》。」

那牽着牲口飲水的人，是一點大戲常識也沒有的。他只聽到牲口喝水的聲音呵呵的，其他的則不知所答了。

四

四月十八娘娘廟大會，這也是為着神鬼，而不是為着人的。

這廟會的土名叫做「逛廟」，也是無分男女老幼都來

逛的，但其中以女子最多。

女子們早晨起來，吃了早飯，就開始梳洗打扮。打扮好了，就約了東家姐姐，西家妹妹的去逛廟去了。竟有一起來就先梳洗打扮的，打扮好了，才吃飯，一吃了飯就走了。總之一到逛廟這天，各不後人，到不了半晌午，就車水馬龍，擁擠得氣息不通了。

擠丟了孩子的站在那兒喊，找不到媽的孩子在人羣裏邊哭，三歲的、五歲的，還有兩歲的剛剛會走，竟也被擠丟了。

所以每年廟會上必得有幾個警察在收這些孩子。收了站在廟台上，等着他的家人來領。偏偏這些孩子都很膽小，張着嘴大哭，哭得實在可憐，滿頭滿臉是汗。有的十二三歲了，也被丟了，問他家住在哪裏？他竟說不出所以然來，東指指，西畫畫，說是他家門口有一條小河溝，那河溝裏邊出蝦米，就叫做「蝦溝子」，也許他家那地名就叫「蝦溝子」，聽了使人莫名其妙。再問他這蝦溝子離城多遠，他便說：騎馬要一頓飯的工夫可到，坐車要三頓飯的工夫可到。究竟離城多遠，他沒有說。問他姓什麼，他說他祖父叫史二，他父親叫史成……

這樣你就再也不敢問他了。要問他吃飯沒有？他就說：「睡覺了」。這是沒有辦法的，任他去吧。於是卻連大帶小的一齊站在廟門口，他們哭的哭，叫的叫。好像小獸似的，警察在看守他們。

娘娘廟是在北大街上，老爺廟和娘娘廟離不了好遠。

那些燒香的人，雖然說是求子求孫，是先該向娘娘來燒香的，但是人們都以為陰間也是一樣的重男輕女，所以不敢倒反天干。所以都是先到老爺廟去，打過鐘，磕過頭，好像跪到那裏報個到似的，而後才上娘娘廟去。

老爺廟有大泥像十多尊，不知道哪個是老爺，都是威風凜凜，氣概蓋世的樣子。有的泥像的手指尖都被攀了去，舉着沒有手指的手在那裏站着，有的眼睛被挖了，像是個瞎子似的。有的泥像的腳趾是被寫了一大堆的字，那字不太高雅，不怎麼合乎神的身分。似乎是說泥像也該娶個老婆，不然他看了和尚去找小尼姑，他是要忌妒的。這字現在沒有了，傳說是這樣。

為了這個，縣官下了手令，不到初一十五，一律的把廟門鎖起來，不准閒人進去。

當地的縣官是很講仁義道德的。傳說他第五個姨太太，就是從尼姑庵接來的。所以他始終相信尼姑絕不會找和尚。自古就把尼姑列在和尚一起，其實是世人不查，人云亦云。好比縣官的第五房姨太太，就是個尼姑。難道她也被和尚找過了嗎？這是不可能的。

所以下令一律的把廟門關了。

娘娘廟裏比較的清靜，泥像也有一些個，以女子為多，多半都沒有**橫眉豎眼**[①]，近乎普通人，使人走進了大殿不必害怕。

[①] **橫眉豎眼**：聳眉張眼，兇惡的樣子。

不用説是娘娘了，那自然是很好的温順的女性。就説女鬼吧，也都不怎樣惡，至多也不過披頭散髮的就完了，也絕沒有像老爺廟裏那般泥像似的，眼睛冒了火，或像老虎似的張着嘴。

不但孩子進了老爺廟有的嚇得大哭，就連壯年的男人進去也要蕭然起敬，好像説雖然他在壯年，那泥像若走過來和他打打，他也絕打不過那泥像的。

所以在老爺廟上磕頭的人，心裏比較虔誠，因為那泥像，身子高、力氣大。

到了娘娘廟，雖然也磕頭，但就總覺得那娘娘沒有什麼出奇之處。

塑泥像的人是男人，他把女人塑得很温順，似乎對女人很尊敬。他把男人塑得很兇猛，似乎男性很不好。其實不對的，世界上的男人，無論多兇猛，眼睛冒火的似乎還未曾見過。就説西洋人吧，雖然與中國人的眼睛不同，但也不過是藍瓦瓦地有點類似貓頭鷹眼睛而已，居然冒了火的也沒有。

眼睛會冒火的民族，目前的世界還未發現。那麼塑泥像的人為什麼把他塑成那個樣子呢？那就是讓你一見生畏，不但磕頭，而且要心服。就是磕完了頭站起再看着，也絕不會後悔，不會後悔這頭是向一個平庸無奇的人白白磕了。至於塑像的人塑起女子來為什麼要那麼温順，那就告訴人，温順的就是老實的，老實的就是好欺侮的，告訴人快來欺侮她們吧。

人若老實了，不但異類要來欺侮，就是同類也不同情。

比方女子去拜過了娘娘廟，也不過向娘娘討子討孫。討完了就出來了，其餘的並沒有什麼尊敬的意思。覺得子孫娘娘也不過是個普通的女子而已，只是她的孩子多了一些。

所以男人打老婆的時候便說：

「娘娘還得怕老爺打呢？何況你一個長舌婦！」

可見男人打女人是天理應該，神鬼齊一。怪不得那娘娘廟裏的娘娘特別溫順，原來是常常挨打的緣故。可見溫順也不是怎麼優良的天性，而是被打的結果。甚或是招打的原由。

兩個廟都拜過了的人，就出來了，擁擠在街上。街上賣什麼玩具的都有，多半玩具都是適於幾歲的小孩子玩的。泥做的泥公雞，雞尾巴上插着兩根紅雞毛，一點也不像，可是使人看去，就比活的更好看。家裏有小孩子的不能不買。何況拿在嘴上一吹又會嗚嗚地響。買了泥公雞，又看見了小泥人，小泥人的背上也有一個洞，這洞裏邊插着一根蘆葦，一吹就響。那聲音好像是訴怨似的，不太好聽，但是孩子們都喜歡，做母親的也一定要買。其餘的如賣哨子的，賣小笛子的，賣線蝴蝶的，賣不倒翁的，其中尤以不倒翁最著名，也最為講究，家家都買，有錢的買大的，沒有錢的，買個小的。

大的有一尺多高，二尺來高。小的有小得像個鴨蛋似的。無論大小，都非常靈活，按倒了就起來，起得很快，

是隨手就起來的。買不倒翁要當場試驗，間或有生手的工匠所做出來的不倒翁，因屁股太大了，他不願意倒下，也有的倒下了他就不起來。所以買不倒翁的人就把手伸出去，一律把他們按倒，看哪個先站起來就買哪個，當那一倒一起的時候真是可笑，攤子旁邊圍了些孩子，專在那裏笑。不倒翁長得很好看，又白又胖。並不是老翁的樣子，也不過他的名字叫不倒翁就是了。其實他是一個胖孩子。做得講究一點的，頭頂上還貼了一簇毛算是頭髮。有頭髮的比沒有頭髮的要貴二百錢。有的孩子買的時候力爭要戴頭髮的，做母親的捨不得那二百錢，就說到家給他剪點狗毛貼上去。孩子非要戴毛的不可，選了一個戴毛的抱在懷裏不放。沒有法只得買了。這孩子抱着歡喜了一路，等到家一看，那簇毛不知什麼時候已經飛了。於是孩子大哭。雖然母親已經給剪了簇狗毛貼上了，但那孩子就總覺得這狗毛不是真的，不如原來的好看。也許那原來也貼的是狗毛，或許還不如現在的這個好看。但那孩子就總不開心，憂愁了一個下半天。

　　廟會到下半天就散了。雖然廟會是散了，可是廟門還開着，燒香的人、拜佛的人繼續的還有。有些沒有兒子的婦女，仍舊在娘娘廟上捉弄着娘娘。給子孫娘娘的背後釘一個鈕扣，給她的腳上綁一條帶子，耳朵上掛一隻耳環，給她帶一副眼鏡，把她旁邊的泥娃娃給偷着抱走了一個。據說這樣做，來年就都會生兒子的。

　　娘娘廟的門口，賣帶子的特別多，婦人們都爭着去買，

她們相信買了帶子，就會把兒子給帶來了。

若是未出嫁的女兒，也誤買了這東西，那就將成為大家的笑柄了。

廟會一過，家家戶戶就都有一個不倒翁，離城遠至十八里路的，也都買了一個回去。回到家裏，擺在迎門的向口，使別人一過眼就看見了，他家的確有一個不倒翁。不差，這證明逛廟會的時節他家並沒有落伍，的確是去逛過了。

歌謠上説：

　　　小大姐，去逛廟，扭扭搭搭走得俏，回來買
　　個搬不倒。

五

這些盛舉，都是為鬼而做的，並非為人而做的。至於人去看戲、逛廟，也不過是揩油借光的意思。

跳大神有鬼，唱大戲是唱給龍王爺看的，七月十五放河燈，是把燈放給鬼，讓他頂着個燈去脱生。四月十八也是燒香磕頭的祭鬼。

只是跳秧歌，是為活人而不是為鬼預備的。跳秧歌是在正月十五，正是農閒的時候，趁着新年而化起裝來，男人裝女人，裝得滑稽可笑。

獅子、龍燈、旱船等等，似乎也跟祭鬼似的，花樣複雜，一時説不清楚。

第三章

一

呼蘭河這小城裏邊住着我的祖父。

我生的時候，祖父已經六十多歲了，我長到四五歲，祖父就快七十了。

我家有一個大花園，這花園裏蜂子、蝴蝶、蜻蜓、螞蚱，樣樣都有。蝴蝶有白蝴蝶、黃蝴蝶。這種蝴蝶極小，不太好看。好看的是大紅蝴蝶，滿身帶着金粉。

蜻蜓是金的，螞蚱是綠的，蜂子則嗡嗡地飛着，滿身絨毛，落到一朵花上，胖圓圓地就和一個小毛球似的不動了。

花園裏邊明晃晃的，紅的紅，綠的綠，新鮮漂亮。

據說這花園，從前是一個果園。祖母喜歡吃果子就種了果園。祖母又喜歡養羊，羊就把果樹給啃了。果樹於是都死了。到我有記憶的時候，園子裏就只有一棵櫻桃樹，一棵李子樹，因為櫻桃和李子都不大結果子，所以覺得它們是並不存在的。小的時候，只覺得園子裏邊就有一棵大榆樹。

這榆樹在園子的西北角上，來了風，這榆樹先嘯；來了雨，大榆樹先就冒煙了；太陽一出來，大榆樹的葉子就發光了，它們閃爍得和沙灘上的蚌殼一樣了。

祖父一天都在後園裏邊，我也跟着祖父在後園裏邊。祖父帶一個大草帽，我戴一個小草帽，祖父栽花，我就栽

花；祖父拔草，我就拔草。當祖父下種，種小白菜的時候，我就跟在後邊，把那下了種的土窩，用腳一個一個地溜平，哪裏會溜得準，東一腳的，西一腳的瞎鬧。有的把菜種不單沒被土蓋上，反而把菜子踢飛了。

小白菜長得非常之快，沒有幾天就冒了芽了，一轉眼就可以拔下來吃了。

祖父鏟地，我也鏟地；因為我太小，拿不動那鋤頭杆，祖父就把鋤頭杆拔下來，讓我單拿着那個鋤頭的「頭」來鏟。其實哪裏是鏟，也不過爬在地上，用鋤頭亂勾一陣就是了。也認不得哪個是苗，哪個是草。往往把韭菜當做野草一起地割掉，把狗尾草當做穀穗留着。

等祖父發現我鏟的那塊滿留着狗尾草的一片，他就問我：

「這是什麼？」

我說：

「穀子。」

祖父大笑起來，笑得夠了，把草摘下來問我：

「你每天吃的就是這個嗎？」

我說：

「是的。」

我看着祖父還在笑，我就說：

「你不信，我到屋裏拿來你看。」

我跑到屋裏拿了鳥籠上的一頭穀穗，遠遠地就拋給祖父了。說：

「這不是一樣的嗎?」

祖父慢慢地把我叫過去,講給我聽,說穀子是有芒針的。狗尾草則沒有,只是毛嘟嘟的真像狗尾巴。

祖父雖然教我,我看了也並不細看,也不過馬馬虎虎承認下來就是了。一抬頭看見了一個黃瓜長大了,跑過去摘下來,我又去吃黃瓜去了。

黃瓜也許沒有吃完,又看見了一個大蜻蜓從旁飛過,於是丟了黃瓜又去追蜻蜓去了。蜻蜓飛得多麼快,哪裏會追得上。好在一開初也沒有存心一定追上,所以站起來,跟了蜻蜓跑了幾步就又去做別的去了。

採一個倭瓜花心,捉一個大綠豆青螞蚱,把螞蚱腿用線綁上,綁了一會,也許把螞蚱腿就綁掉,線頭上只拴了一隻腿,而不見螞蚱了。

玩膩了,又跑到祖父那裏去亂鬧一陣,祖父澆菜,我也搶過來澆,奇怪的就是並不往菜上澆,而是拿着水瓢①,拚盡了力氣,把水往天空裏一揚,大喊着:

「下雨了,下雨了。」

太陽在園子裏是特大的,天空是特別高的,太陽的光芒四射,亮得使人睜不開眼睛,亮得蚯蚓不敢鑽出地面來,蝙蝠不敢從什麼黑暗的地方飛出來。是凡在太陽下的,都是健康的、漂亮的,拍一拍連大樹都會發響的,叫一叫就是站在對面的土牆都會回答似的。

---

① 瓢:舀水或取東西的用具。瓢 piáo,粵音嫖 piu⁴。

花開了，就像花睡醒了似的。鳥飛了，就像鳥上天了似的。蟲子叫了，就像蟲子在說話似的。一切都活了。都有無限的本領，要做什麼，就做什麼。要怎麼樣，就怎麼樣。都是自由的。倭瓜願意爬上架就爬上架，願意爬上房就爬上房。黃瓜願意開一個謊花，就開一個謊花，願意結一個黃瓜，就結一個黃瓜。若都不願意，就是一個黃瓜也不結，一朵花也不開，也沒有人問它。玉米願意長多高就長多高，它若願意長上天去，也沒有人管。蝴蝶隨意的飛，一會從牆頭上飛來一對黃蝴蝶，一會又從牆頭上飛走了一個白蝴蝶。牠們是從誰家來的，又飛到誰家去？太陽也不知道這個。

只是天空藍悠悠的，又高又遠。

可是白雲一來了的時候，那大團的白雲，好像灑了花的白銀似的，從祖父的頭上經過，好像要壓到了祖父的草帽那麼低。

我玩累了，就在房子底下找個陰涼的地方睡着了。不用枕頭，不用席子，就把草帽遮在臉上就睡了。

二

祖父的眼睛是笑盈盈的，祖父的笑，常常笑得和孩子似的。

祖父是個長得很高的人，身體很健康，手裏喜歡拿着個手仗。嘴上則不住地抽着旱煙管，遇到了小孩子，每每喜歡開個玩笑，說：

「你看天空飛個家雀。」

趁那孩子往天空一看，就伸出手去把那孩子的帽給取下來了，有的時候放在長衫的下邊，有的時候放在袖口裏頭。他說：

「家雀叼走了你的帽啦。」

孩子們都知道了祖父的這一手了，並不以為奇，就抱住他的大腿，向他要帽子，摸着他的袖管，撕着他的衣襟，一直到找出帽子來為止。

祖父常常這樣做，也總是把帽放在同一的地方，總是放在袖口和衣襟下。那些搜索他的孩子沒有一次不是在他衣襟下把帽子拿出來的，好像他和孩子們約定了似的：「我就放在這塊，你來找吧！」

這樣的不知做過了多少次，就像老太太永久講着：「上山打老虎」這一個故事給孩子們聽似的，哪怕是已經聽過了五百遍，也還是在那裏回回拍手，回回叫好。

每當祖父這樣做一次的時候，祖父和孩子們都一齊地笑得不得了。好像這戲還像第一次演似的。

別人看了祖父這樣做，也有笑的，可不是笑祖父的手法好，而是笑他天天使用一種方法抓掉了孩子的帽子，這未免可笑。

祖父不怎樣會理財，一切家務都由祖母管理。祖父只是自由自在地一天閒着；我想，幸好我長大了，我三歲了，不然祖父該多寂寞。我會走了，我會跑了。我走不動的時候，祖父就抱着我；我走動了，祖父就拉着我。一天到晚，

門裏門外，寸步不離，而祖父多半是在後園裏，於是我也在後園裏。

我小的時候，沒有什麼同伴，我是我母親的第一個孩子。

我記事很早，在我三歲的時候，我記得我的祖母用針刺過我的手指，所以我很不喜歡她。我家的窗子，都是四邊糊紙，當中嵌着玻璃，祖母是有潔癖的，以她屋的窗紙最白淨。

別人抱着把我一放在祖母的炕邊上，我不假思索地就要往炕裏邊跑，跑到窗子那裏，就伸出手去，把那白白透着花窗櫺①的紙窗給捅了幾個洞，若不加阻止，就必得挨着排給捅破，若有人招呼着我，我也得加速的搶着多捅幾個才能停止。手指一觸到窗上，那紙窗像小鼓似的，嘭嘭地就破了。破得越多，自己越得意。祖母若來追我的時候，我就越得意了，笑得拍着手，跳着腳的。

有一天祖母看我來了，她拿了一個大針就到窗子外邊去等我去了。我剛一伸出手去，手指就痛得厲害。我就叫起來了，那就是祖母用針刺了我。

從此，我就記住了，我不喜歡她。

雖然她也給我糖吃，她咳嗽時吃豬腰燒川貝母，也分給我豬腰，但是我吃了豬腰還是不喜歡她。

在她臨死之前，病重的時候，我還會嚇了她一跳。有

---

① **櫺**：窗子或欄杆上雕花的格子。 櫺 líng，粵音靈。

一次她自己一個人坐在炕上熬藥，藥壺是坐在炭火盆上，因為屋裏特別的寂靜，聽得見那藥壺咕嚕咕嚕地響。祖母住着兩間房子，是裏外屋，恰巧外屋也沒有人，裏屋也沒人，就是她自己。我把門一開，祖母並沒有看見我，於是我就用拳頭在板隔壁上，咚咚地打了兩拳。我聽到祖母「喲」地一聲，鐵火剪子就掉在地上了。

我再探頭一望，祖母就罵起我來。她好像就要下地來追我似的。我就一邊笑着，一邊跑了。

我這樣地嚇唬①祖母，也並不是向她報仇，那時我才五歲，是不曉得什麼的，也許覺得這樣好玩。

祖父一天到晚是閒着的，祖母什麼工作也不分配給他。只有一件事，就是祖母的地櫈上的擺設，有一套錫器，卻總是祖父擦的。這可不知道是祖母派給他的，還是他自動地願意工作，每當祖父一擦的時候，我就不高興，一方面是不能領着我到後園裏去玩了，另一方面祖父因此常常挨罵，祖母罵他懶，罵他擦的不乾淨。祖母一罵祖父的時候，就常常不知為什麼連我也罵上。

祖母一罵祖父，我就拉着祖父的手往外邊走，一邊說：「我們後園裏去吧。」

也許因此祖母也罵了我。

她罵祖父是「死腦瓜骨」，罵我是「小死腦瓜骨」。

我拉着祖父就到後園裏去了，一到了後園裏，立刻就

---

① 嚇唬：使人害怕。

另是一個世界了。絕不是那房子裏的狹窄的世界，而是寬廣的，人和天地在一起，天地是多麼大，多麼遠，用手摸不到天空。

而土地上所長的又是那麼繁華，一眼看上去，是看不完的，只覺得眼前鮮綠的一片。

一到後園裏，我就沒有對象地奔了出去，好像我是看準了什麼而奔去了似的，好像有什麼在那兒等着我似的。其實我是什麼目的也沒有。只覺得這園子裏邊無論什麼東西都是活的，好像我的腿也非跳不可了。

若不是把全身的力量跳盡了，祖父怕我累了想招呼住我，那是不可能的，反而他越招呼，我越不聽活。

等到自己實在跑不動了，才坐下來休息，那休息也是很快的，也不過隨便在秧子上摘下一個黃瓜來，吃了也就好了。

休息好了又是跑。

櫻桃樹，明明沒有結櫻桃，就偏跑到樹上去找櫻桃。李子樹是半死的樣子了，本不結李子的，就偏去找李子。一邊在找，還一邊大聲的喊，在問着祖父：

「爺爺，櫻桃樹為什麼不結櫻桃？」

祖父老遠的回答着：

「因為沒有開花，就不結櫻桃。」

再問：

「為什麼櫻桃樹不開花？」

祖父說：

「因為你嘴饞，它就不開花。」

我一聽了這話，明明是嘲笑我的話，於是就飛奔着跑到祖父那裏，似乎是很生氣的樣子。等祖父把眼睛一抬，他用了完全沒有惡意的眼睛一看我，我立刻就笑了。而且是笑了半天的工夫才能夠止住，不知哪裏來了那許多的高興。把後園一時都讓我攪亂了，我笑的聲音不知有多大，自己都感到震耳了。

後園中有一棵玫瑰。一到五月就開花的。一直開到六月。

花朵和醬油碟那麼大。開得很茂盛，滿樹都是，因為花香，招來了很多的蜂子，嗡嗡地在玫瑰樹那兒鬧着。

別的一切都玩厭了的時候，我就想起來去摘玫瑰花，摘了一大堆把草帽脫下來用帽兜子盛着。在摘那花的時候，有兩種恐懼，一種是怕蜂子的鈎刺人，另一種是怕玫瑰的刺刺手。好不容易摘了一大堆，摘完了可又不知道做什麼了。忽然異想天開，這花若給祖父戴起來該多好看。

祖父蹲在地上拔草，我就給他戴花。祖父只知道我是在捉弄他的帽子，而不知道我到底是在幹什麼。我把他的草帽給他插了一圈的花，紅通通的二三十朵。我一邊插着一邊笑，當我聽到祖父説：

「今年春天雨水大，咱們這棵玫瑰開得這麼香。二里路也怕聞得到的。」

就把我笑得哆嗦起來。我幾乎沒有支持的能力再插上去。等我插完了，祖父還是安然的不曉得。他還照樣地拔

着壟上的草。我跑得很遠的站着，我不敢往祖父那邊看，一看就想笑。所以我藉機進屋去找一點吃的來，還沒有等我回到園中，祖父也進屋來了。

那滿頭紅通通的花朵，一進來祖母就看見了。她看見什麼也沒説，就大笑了起來。父親母親也笑了起來，而以我笑得最厲害，我在炕上打着滾笑。

祖父把帽子摘下來一看，原來那玫瑰的香並不是因為今年春天雨水大的緣故，而是那花就頂在他的頭上。

他把帽子放下，他笑了十多分鐘還停不住，過一會一想起來，又笑了。

祖父剛有點忘記了，我就在旁邊提着説：

「爺爺……今年春天雨水大呀……」

一提起，祖父的笑就來了。於是我也在炕上打起滾來。

就這樣一天一天的，祖父，後園，我，這三樣是一樣也不可缺少的了。

颳了風，下了雨，祖父不知怎樣，在我卻是非常寂寞的了。去沒有去處，玩沒有玩的，覺得這一天不知有多少日子那麼長。

三

偏偏這後園每年都要封閉一次的，秋雨之後這花園就開始凋零了，黃的黃、敗的敗，好像很快似的一切花朵都滅了，好像有人把它們摧殘了似的。它們一齊都沒有從前那麼健康了，好像它們都很疲倦了，而要休息了似的，好

像要收拾收拾回家去了似的。

　　大榆樹也是落着葉子，當我和祖父偶爾在樹下坐坐，樹葉竟落在我的臉上來了。樹葉飛滿了後園。

　　沒有多少時候，大雪又落下來了，後園就被埋住了。

　　通到園去的後門，也用泥封起來了，封得很厚，整個的冬天掛着白霜。

　　我家住着五間房子，祖母和祖父共住兩間，母親和父親共住兩間。祖母住的是西屋，母親住的是東屋。

　　是五間一排的正房，廚房在中間，一齊是玻璃窗子，青磚牆，瓦房間。

　　祖母的屋子，一個是外間，一個是內間。外間裏擺着大躺箱，地長桌，太師椅。椅子上鋪着紅椅墊，躺箱上擺着朱砂瓶，長桌上列着座鐘。鐘的兩邊站着帽筒。帽筒上並不掛着帽子，而插着幾個孔雀翎。

　　我小的時候，就喜歡這個孔雀翎，我說它有金色的眼睛，總想用手摸一摸，祖母就一定不讓摸，祖母是有潔癖的。

　　還有祖母的躺箱上擺着一個座鐘，那座鐘是非常稀奇的，畫着一個穿着古裝的大姑娘，好像活了似的，每當我到祖母屋去，若是屋子裏沒有人，她就總用眼睛瞪我，我幾次的告訴過祖父，祖父說：

　　「那是畫的，她不會瞪人。」

　　我一定說她是會瞪人的，因為我看得出來，她的眼珠像是會轉。

還有祖母的大躺箱上也盡雕着小人，盡是穿古裝衣裳的，寬衣大袖，還戴頂子，帶着翎子。滿箱子都刻着，大概有二三十個人，還有吃酒的，吃飯的，還有作揖的……

我總想要細看一看，可是祖母不讓我沾邊，我還離得很遠的，她就說：

「可不許用手摸，你的手髒。」

祖母的內間裏邊，在牆上掛着一個很古怪很古怪的掛鐘，掛鐘的下邊用鐵鏈子垂着兩穗鐵苞米。鐵苞米比真的苞米大了很多，看起來非常重，似乎可以打死一個人。再往那掛鐘裏邊看就更稀奇古怪了，有一個小人，長着藍眼珠，鐘擺一秒鐘就響一下，鐘擺一響，那眼珠就同時一轉。

那小人是黃頭髮，藍眼珠，跟我相差太遠，雖然祖父告訴我，說那是毛子人，但我不承認她，我看她不像什麼人。

所以我每次看這掛鐘，就半天半天的看，都看得有點發呆了。我想：這毛子人就總在鐘裏邊呆着嗎？永久也不下來玩嗎？

外國人在呼蘭河的土語叫做「毛子人」。我四五歲的時候，還沒有見過一個毛子人，以為毛子人就是因為她的頭髮毛烘烘地鬆着的緣故。

祖母的屋子除了這些東西，還有很多別的，因為那時候，別的我都不發生什麼趣味，所以只記住了這三五樣。

母親的屋裏，就連這一類的古怪玩意也沒有了，都是些普通的描金櫃，也是些帽筒，花瓶之類，沒有什麼好看

的，我沒有記住。

這五間房子的組織，除了四間住房一間廚房之外，還有極小的、極黑的兩個小後房。祖母一個，母親一個。

那裏邊裝着各種樣的東西，因為是儲藏室的緣故。

罎子罐子、箱子櫃子、筐子簍子。除了自己家的東西，還有別人寄存的。

那裏邊是黑的，要端着燈進去才能看見。那裏邊的**耗子**①很多，蜘蛛網也很多。空氣不大好，永久有一種撲鼻的和藥的氣味似的。

我覺得這儲藏室很好玩，隨便打開那一隻箱子，裏邊一定有一些好看的東西，花絲線、各種色的綢條、香荷包、**搭腰**②、褲腿、馬蹄袖、繡花的領子。古香古色，顏色都配得特別的好看。箱子裏邊也常常有藍翠的耳環或戒指，被我看見了，我一看見就非要一個玩不可，母親就常常隨手拋給我一個。

還有些桌子帶着抽屜的，一打開那裏邊更有些好玩的東西，銅環、木刀、竹尺、觀音粉。這些個都是我在別的地方沒有看過的。而且這抽屜始終也不鎖的。所以我常常隨意地開，開了就把樣樣似乎是不加選擇地都搜了出去，左手拿着木頭刀，右手拿着觀音粉，這裏砍一下，那裏畫一下。後來我又得到了一個小鋸，用這小鋸，我開始毀壞

---

① **耗子**：老鼠的俗稱。
② **搭腰**：用皮條或繩子做的用具，牲口拉車時搭在背上，使車轅、套繩等不致掉下。

起東西來，在椅子腿上鋸一鋸，在炕沿上鋸一鋸。我自己竟把我自己的小木刀也鋸壞了。

無論吃飯和睡覺，我這些東西都帶在身邊，吃飯的時候，我就用這小鋸，鋸着饅頭。睡覺做起夢來還喊着：

「我的小鋸哪裏去了？」

儲藏室好像變成我探險的地方了。我常常趁着母親不在屋我就打開門進去了。這儲藏室也有一個後窗，下半天也有一點亮光，我就趁着這亮光打開了抽屜，這抽屜已經被我翻得差不多的了，沒有什麼新鮮的了。翻了一會，覺得沒有什麼趣味了，就出來了。到後來連一塊水膠，一段繩頭都讓我拿出來了，把五個抽屜通通拿空了。

除了抽屜還有筐子籠子，但那個我不敢動，似乎每一樣都是黑洞洞的，灰塵不知有多厚，蛛網蛛絲的不知有多少，因此我連想也不想動那東西。

記得有一次我走到這黑屋子的極深極遠的地方去，一個發響的東西撞住我的腳上，我摸起來抱到光亮的地方一看，原來是一個小燈籠，用手指把灰塵一畫，露出來是個紅玻璃的。

我在一兩歲的時候，大概我是見過燈籠的，可是長到四五歲，反而不認識了。我不知道這是個什麼。我抱着去問祖父去了。

祖父給我擦乾淨了，裏邊點上個洋蠟燭，於是我歡喜得就打着燈籠滿屋跑，跑了好幾天，一直到把這燈籠打碎了才算完了。

我在黑屋子裹邊又碰到了一塊木頭，這塊木頭是上邊刻着花的，用手一摸，很不光滑，我拿出來用小鋸鋸着。祖父看見了，説：

　　「這是印帖子的帖板。」

　　我不知道什麼叫帖子，祖父刷上一片墨印一張給我看，我只看見印出來幾個小人。還有一些亂七八糟的花，還有字。祖父説：

　　「咱們家開燒鍋的時候，發帖子就是用這個印的，這是一百吊的……還有五十吊的十吊的……」

　　祖父給我印了許多，還用鬼子紅給我印了些紅的。

　　還有帶纓子的清朝的帽子，我也拿了出來戴上。多少年前的老大的鵝翎扇子，我也拿了出來吹着風。翻了一瓶莎仁出來，那是治胃病的藥，母親吃着，我也跟着吃。

　　不久，這些八百年前的東西，都被我弄出來了。有些是祖母保存着的，有些是已經出了嫁的姑母的遺物，已經在那黑洞洞的地方放了多少年了，連動也沒有動過，有些個快要腐爛了，有些個生了蟲子，因為那些東西早被人們忘記了，好像世界上已經沒有那麼一回事了。而今天忽然又來到了他們的眼前，他們受了驚似的又恢復了他們的記憶。

　　每當我拿出一件新的東西的時候，祖母看見了，祖母説：

　　「這是多少年前的了！這是你大姑在家裹邊玩的……」

　　祖父看見了説：

「這是你二姑在家時用的⋯⋯」

這是你大姑的扇子，那是你三姑的花鞋⋯⋯都有了來歷。但我不知道誰是我的三姑，誰是我的大姑。也許我一兩歲的時候，我見過她們，可是我到四五歲時，我就不記得了。

我祖母有三個女兒，到我長起來時，她們都早已出嫁了。可見二三十年內就沒有小孩子了。而今也只有我一個。實在的還有一個小弟弟，不過那時他才一歲半歲的，所以不算他。

家裏邊多少年前放的東西，沒有動過，他們過的是既不向前，也不回頭的生活，是凡過去的，都算是忘記了，未來的他們也不怎樣積極地希望着，只是一天一天地平板地、無怨無憂地在他們祖先給他們準備好的口糧之中生活着。

等我生來了，第一給了祖父的無限的歡喜，等我長大了，祖父非常地愛我。使我覺得在這世界上，有了祖父就夠了，還怕什麼呢？雖然父親的冷淡，母親的惡言惡色，和祖母的用針刺我手指的這些事，都覺得算不了什麼。何況又有後花園！後園雖然讓冰雪給封閉了，但是又發現了這儲藏室。這裏邊是無窮無盡地什麼都有，這裏邊寶藏着的都是我所想像不到的東西，使我感到這世界上的東西怎麼這樣多！而且樣樣好玩，樣樣新奇。

比方我得到了一包顏料，是中國的大綠，看那顏料閃着金光，可是往指甲上一染，指甲就變綠了，往胳臂上一

染，胳臂立刻飛來了一張樹葉似的。實在是好看，也實在是莫名其妙，所以心裏邊就暗暗地歡喜，莫非是我得了寶貝嗎？

得了一塊觀音粉。這觀音粉往門上一畫，門就白了一道，往窗上一畫，窗就白了一道。這可真有點奇怪，大概祖父寫字的墨是黑墨，而這是白墨吧。

得了一塊圓玻璃，祖父說是「顯微鏡」。他在太陽底下一照，竟把祖父裝好的一袋煙照着了。

這該多麼使人歡喜，什麼什麼都會變的。你看他是一塊廢鐵，說不定他就有用，比方我撿到一塊四方的鐵塊，上邊有一個小窩。祖父把榛子放在小窩裏邊，打着榛子給我吃。在這小窩裏打，不知道比用牙咬要快了多少倍。何況祖父老了，他的牙又多半不大好。

我天天從那黑屋子往外搬着，而天天有新的。搬出來一批，玩厭了，弄壞了，就再去搬。

因此使我的祖父、祖母常常地慨歎。

他們說這是多少年前的了，連我的第三個姑母還沒有生的時候就有這東西。那是多少年前的了，還是分家的時候，從我曾祖那裏得來的呢。又哪樣哪樣是什麼人送的，而那家人家到今天也都家敗人亡了，而這東西還存在着。

又是我在玩着的那葡蔓藤的手鐲，祖母說她就戴着這個手鐲，有一年夏天坐着小車子，抱着我大姑去回娘家，路上遇了土匪，把金耳環給摘去了，而沒有要這手鐲。若也是金的銀的，那該多危險，也一定要被搶去的。

我聽了問她：

「我大姑在哪兒？」

祖父笑了。祖母説：

「你大姑的孩子比你都大了。」

原來是四十年前的事情，我哪裏知道。可是藤手鐲卻戴在我的手上，我舉起手來，搖了一陣，那手鐲好像風車似的，滴溜溜地轉，手鐲太大了，我的手太細了。

祖母看見我把從前的東西都搬出來了，她常常罵我：

「你這孩子，沒有東西不拿着玩的，這小不成器的……」

她嘴裏雖然是這樣説，但她又在光天化日之下得以重看到這東西，也似乎給了她一些回憶的滿足。所以她説我是並不十分嚴刻的，我當然是不聽她，該拿還是照舊地拿。

於是我家裏久不見天日的東西，經我這一搬弄，才得以見了天日。於是壞的壞，扔的扔，也就都從此消滅了。

我有記憶的第一個冬天，就這樣過去了。沒有感到十分的寂寞，但總不如在後園裏那樣玩着好。但孩子是容易忘記的，也就隨遇而安了。

四

第二年夏天，後園裏種了不少的韭菜，是因為祖母喜歡吃韭菜餡的餃子而種的。

可是當韭菜長起來時，祖母就病重了，而不能吃這韭菜了，家裏別的人也沒有吃這韭菜的，韭菜就在園子裏荒

着。

因為祖母病重，家裏非常熱鬧，來了我的大姑母，又來了我的二姑母。

二姑母是坐着她自家的小車子來的。那拉車的騾子掛着鈴鐺，嘩嘩啷啷的就停在窗前了。

從那車上第一個就跳下來一個小孩，那小孩比我高了一點，是二姑母的兒子。

他的小名叫「小蘭」，祖父讓我向他叫蘭哥。

別的我都不記得了，只記得不大一會工夫我就把他領到後園裏去了。

告訴他這個是玫瑰樹，這個是狗尾草，這個是櫻桃樹。櫻桃樹是不結櫻桃的，我也告訴了他。

不知道在這之前他見過我沒有，我可並沒有見過他。

我帶他到東南角上去看那棵李子樹時，還沒有走到眼前，他就說：

「這樹前年就死了。」

他說了這樣的話，是使我很吃驚的。這樹死了，他可怎麼知道的？心中立刻來了一種忌妒的情感，覺得這花園是屬於我的，和屬於祖父的，其餘的人連曉得也不該曉得才對的。

我問他：

「那麼你來過我們家嗎？」

他說他來過。

這個我更生氣了，怎麼他來我不曉得呢？

我又問他：

「你什麼時候來過的？」

他說前年來的，他還帶給我一個毛猴子。他問着我：

「你忘了嗎？你抱着那毛猴子就跑，跌倒了你還哭了哩！」

我無論怎樣想，也想不起來了。不過總算他送給我過一個毛猴子，可見對我是很好的，於是我就不生他的氣了。

從此天天就在一塊玩。

他比我大三歲，已經八歲了，他說他在學堂裏邊唸了書的，他還帶來了幾本書，晚上在煤油燈下他還把書拿出來給我看。書上有小人、有剪刀、有房子。因為都是帶着圖，我一看就連那字似乎也認識了，我說：

「這唸剪刀，這唸房子。」

他說不對：

「這唸剪，這唸房。」

我拿過來一細看，果然都是一個字，而不是兩個字，我是照着圖唸的，所以錯了。

我也有一盒方字塊，這邊是圖，那邊是字，我也拿出來給他看了。

從此整天的玩。祖母病重與否，我不知道。不過在她臨死的前幾天就穿上了滿身的新衣裳，好像要出門做客似的。說是怕死了來不及穿衣裳。

因為祖母病重，家裏熱鬧得很，來了很多親戚。忙忙碌碌不知忙些個什麼。有的拿了些白布撕着，撕得一條一

塊的，撕得非常的響亮，旁邊就有人拿着針在縫那白布。還有的把一個小罐，裏邊裝了米，罐口蒙上了紅布。還有的在後園門口攏起火來，在鐵火勺裏邊炸着麵餅了。問她：

「這是什麼？」

「這是打狗餑餑。」

她說陰間有十八關，過到狗關的時候，狗就上來咬人，用這餑餑一打，狗吃了餑餑就不咬人了。

似乎是**姑妄**[①]言之、姑妄聽之，我沒有聽進去。

家裏邊的人越多，我就越寂寞，走到屋裏，問問這個，問問那個，一切都不理解。祖父也似乎把我忘記了。我從後園裏捉了一個特別大的螞蚱送給他去看，他連看也沒有看，就說：

「真好，真好，上後園去玩去吧！」

新來的蘭哥也不陪我時，我就在後園裏一個人玩。

五

祖母已經死了，人們都到龍王廟上去報過廟回來了。而我還在後園裏邊玩着。

後園裏邊下了點雨，我想要進屋去拿草帽去，走到醬缸旁邊（我家的醬缸是放在後園裏的），一看，有雨點拍拍的落到缸帽子上。我想這缸帽子該多大，遮起雨來，比草帽一定更好。

---

① **姑妄**：姑且，暫且。

　　於是我就從缸上把它翻下來了，到了地上它還亂滾一陣，這時候，雨就大了。我好不容易才設法鑽進這缸帽子去。因為這缸帽子太大了，差不多和我一般高。

　　我頂着它，走了幾步，覺得天昏地暗。而且也是很重的，非常吃力。而且自己已經走到哪裏了，自己也不曉，只曉得頭頂上拍拍拉拉的打着雨點，往腳下看着，腳下只是些狗尾草和韭菜。找了一個韭菜很厚的地方，我就坐下了，一坐下這缸帽子就和個小房似的扣着我。這比站着好得多，頭頂不必頂着，帽子就扣在韭菜地上。但是裏邊叫是黑極了，什麼都看不見。

　　同時聽什麼聲音，也覺得都遠了。大樹在風雨裏邊被吹得嗚嗚的，好像大樹已經被搬到別人家的院子去似的。

　　韭菜是種在北牆根上，我是坐在韭菜上。北牆根離家裏的房子很遠的，家裏邊那鬧嚷嚷的聲音，也像是來自遠方。

　　我細聽了一會，聽不出什麼來，還是在我自己的小屋裏邊坐着。這小屋這麼好，不怕風，不怕雨。站起來走的時候，頂着屋蓋就走了，有多麼輕快。

　　其實是很重的了，頂起來非常吃力。

　　我頂着缸帽子，一路摸索着，來到了後門口，我是要頂給爺爺看看的。

　　我家的後門檻特別高，邁也邁不過去，因為缸帽子太大，使我抬不起腿來。好不容易兩手把腿拉着，弄了半天，總算是過去了。雖然進了屋，仍是不知道祖父在什麼方向，

於是我就大喊，正在這喊之間，父親一腳把我踢翻了，差點沒把我踢到灶口的火堆上去。缸帽子也在地上滾着。

等人家把我抱了起來，我一看，屋子裏的人，完全不對了，都穿了白衣裳。

再一看，祖母不是睡在炕上，而是睡在一張長板上。

從這以後祖母就死了。

六

祖母一死，家裏繼續着來了許多親戚，有的拿着香、紙，到靈前哭了一陣就回去了。有的就帶大包小包的來了就住下了。

大門前邊吹着喇叭，院子裏搭了靈棚，哭聲終日，一鬧鬧了不知多少日子。

請了和尚道士來，一鬧鬧到半夜，所來的都是吃、喝、說、笑。

我也覺得好玩，所以就特別高興起來。又加上從前我沒有小同伴，而現在有了。比我大的，比我小的，共有四五個。

我們上樹爬牆，幾乎連房頂也要上去了。

他們帶我到小門洞子頂上去捉鴿子，搬了梯子到房簷頭上去捉家雀。後花園雖然大，已經裝不下我了。

我跟着他們到井口邊去往井裏邊看，那井是多麼深，我從未見過。在上邊喊一聲，裏邊有人回答。用一個小石子投下去，那響聲是很深遠的。

他們帶我到糧食房子去，到碾磨房去，有時候竟把我帶到街上，是已經離開家了，不跟着家人在一起，我是從來沒有走過這樣遠。

不料除了後園之外，還有更大的地方，我站在街上，不是看什麼熱鬧，不是看那街上的行人車馬，而是心裏邊想：是不是我將來一個人也可以走得很遠？

有一天，他們把我帶到南河沿上去了，南河沿離我家本不算遠，也不過半里多地。可是因為我是第一次去，覺得實在很遠。走出汗來了。走過一個黃土坑，又過一個南大營，南大營的門口，有兵把守門。那營房的院子大得在我看來太大了，實在是不應該。我們的院子就夠大的了，怎麼能比我們家的院子更大呢，大得有點不大好看了，我走過了，我還回過頭來看。

路上有一家人家，把花盆擺到牆頭上來了，我覺得這也不大好，若是看不見人家偷去呢！

還看見了一座小洋房，比我們家的房不知好了多少倍。若問我，哪裏好？我也説不出來，就覺得那房子是一色新，不像我家的房子那麼陳舊。

我僅僅走了半里多路，我所看見的可太多了。所以覺得這南河沿實在遠。問他們：

「到了沒有？」

他們説：

「就到的，就到的。」

果然，轉過了大營房的牆角，就看見河水了。

我第一次看見河水，我不能曉得這河水是從什麼地方來的？走了幾年了。

　　那河太大了，等我走到河邊上，抓了一把沙子拋下去，那河水簡直沒有因此而髒了一點點。河上有船，但是不很多，有的往東去了，有的往西去了。也有的划到河的對岸去的，河的對岸似乎沒有人家，而是一片柳條林。再往遠看，就不能知道那是什麼地方了，因為也沒有人家，也沒有房子，也看不見道路，也聽不見一點音響。

　　我想將來是不是我也可以到那沒有人的地方去看一看。

　　除了我家的後園，還有街道。除了街道，還有大河。除了大河，還有柳條林。除了柳條林，還有更遠的，什麼也沒有的地方，什麼也看不見的地方，什麼聲音也聽不見的地方。

　　究竟除了這些，還有什麼，我越想越不知道了。

　　就不用說這些我未曾見過的。就說一個花盆吧，就說一座院子吧。院子和花盆，我家裏都有。但說那營房的院子就比我家的大，我家的花盆是擺在後園裏的，人家的花盆就擺到牆頭上來了。

　　可見我不知道的一定還有。

　　所以祖母死了，我竟聰明了。

七

　　祖母死了，我就跟祖父學詩。因為祖父的屋子空着，

我就鬧着一定要睡在祖父那屋。

早晨唸詩，晚上唸詩，半夜醒了也是唸詩。唸了一陣，唸睏①了再睡去。

祖父教我的有《千家詩》，並沒有課本，全憑口頭傳誦，祖父唸一句，我就唸一句。

祖父説：

「少小離家老大回……」

我也説：

「少小離家老大回……」

都是些什麼字，什麼意思，我不知道，只覺得唸起來那聲音很好聽。所以很高興地跟着喊。我喊的聲音，比祖父的聲音更大。

我一唸起詩來，我家的五間房都可以聽見，祖父怕我喊壞了喉嚨，常常警告着我説：

「房蓋被你抬走了。」

聽了這笑話，我略微笑了一會工夫，過不了多久，就又喊起來了。

夜裏也是照樣地喊，母親嚇唬我，説再喊她要打我。

祖父也説：

「沒有你這樣唸詩的，你這不叫唸詩，你這叫亂叫。」

但我覺得這亂叫的習慣不能改，若不讓我叫，我唸它幹什麼。每當祖父教我一個新詩，一開頭我若聽了不好聽，

---

① 睏：疲倦想睡。睏 kùn，粵音困。

我就說：

「不學這個。」

祖父於是就換一個，換一個不好，我還是不要。

「春眠不覺曉，處處聞啼鳥，夜來風雨聲，花落知多少。」

這一首詩，我很喜歡，我一唸到第二句，「處處聞啼鳥」那處處兩字，我就高興起來了。覺得這首詩，實在是好，真好聽「處處」該多好聽。

還有一首我更喜歡的：

「重重疊疊上樓台，幾度呼童掃不開。

剛被太陽收拾去，又為明月送將來。」

就這「幾度呼童掃不開」，我根本不知道什麼意思，就唸成西瀝忽通掃不開。

越唸越覺得好聽，越唸越有趣味。

還當客人來了，祖父總是呼我唸詩，我就總喜唸這一首。

那客人不知聽懂了與否，只是點頭說好。

八

就這樣瞎唸，到底不是久計。唸了幾十首之後，祖父開講了。

「少小離家老大回，鄉音無改鬢毛衰。」

祖父說：

「這是說小時候離開了家到外邊去，老了回來了。鄉

174

音無改鬢毛衰，這是說家鄉的口音還沒有改變，鬍子可白了。」

我問祖父：

「為什麼小的時候離家？離家到哪裏去？」

祖父說：

「好比爺像你那麼大離家，現在老了回來了，誰還認識呢？兒童相見不相識，笑問客從何處來。小孩子見了就招呼着說：你這個白鬍老頭，是從哪裏來的？」

我一聽覺得不大好，趕快就問祖父：

「我也要離家的嗎？等我鬍子白了回來，爺爺你也不認識我了嗎？」

心裏很恐懼。

祖父一聽就笑了：

「等你老了還有爺爺嗎？」

祖父說完了，看我還是不很高興，他又趕快說：

「你不離家的，你哪裏能夠離家……快再唸一首詩吧！唸春眠不覺曉……」

我一唸起春眠不覺曉來，又是滿口的大叫，得意極了。完全高興，什麼都忘了。

但從此再讀新詩，一定要先講的，沒有講過的也要重講。似乎那大嚷大叫的習慣稍稍好了一點。

「兩個黃鸝鳴翠柳，一行白鷺上青天。」

這首詩本來我也很喜歡的，黃梨是很好吃的。經祖父這一講，說是兩個鳥。於是不喜歡了。

「去年今日此門中，人面桃花相映紅。

人面不知何處去，桃花依舊笑春風。」

這首詩祖父講了我也不明白，但是我喜歡這首。因為其中有桃花。桃樹一開了花不就結桃嗎？桃子不是好吃嗎？

所以每唸完這首詩，我就接着問祖父：

「今年咱們的櫻桃樹開不開花？」

九

除了唸詩之外，還很喜歡吃。

記得大門洞子東邊那家是養豬的，一個大豬在前邊走，一羣小豬跟在後邊。有一天一個小豬掉井了，人們用抬土的筐子把小豬從井吊了上來。吊上來，那小豬早已死了。井口旁邊圍了很多人看熱鬧，祖父和我也在旁邊看熱鬧。

那小豬一被打上來，祖父就說他要那小豬。

祖父把那小豬抱到家裏，用黃泥裹起來，放在灶坑裏燒上了，燒好了給我吃。

我站在炕沿旁邊，那整個的小豬，就擺在我的眼前，祖父把那小豬一撕開，立刻就冒了油，真香，我從來沒有吃過那麼香的東西，從來沒有吃過那麼好吃的東西。

第二次，又有一隻鴨子掉井了，祖父也用黃泥包起來，燒上給我吃了。

在祖父燒的時候，我也幫着忙，幫着祖父攪黃泥，一邊喊着，一邊叫着，好像啦啦隊似的給祖父助興。

　　鴨子比小豬更好吃，那肉是不怎樣肥的。所以我最喜歡吃鴨子。

　　我吃，祖父在旁邊看着。祖父不吃。等我吃完了，祖父才吃。他說我的牙齒小，怕我咬不動，先讓我選嫩的吃，我吃剩了的他才吃。

　　祖父看我每嚥下去一口，他就點一下頭，而且高興地說：

　　「這小東西真饞」，或是「這小東西吃得真快」。

　　我的手滿是油，隨吃隨在大襟上擦着，祖父看了也並不生氣，只是說：

　　「快蘸點鹽吧，快蘸點韭菜花吧，空口吃不好，等會要反胃的……」

　　說着就捏幾個鹽粒放在我手上拿着的鴨子肉上。我一張嘴又進肚去了。

　　祖父越稱讚我能吃，我越吃得多。祖父看看不好了，怕我吃多了。讓我停下，我才停下來。我明明白白的是吃不下去了，可是我嘴裏還說着：

　　「一個鴨子還不夠呢！」

　　自此吃鴨子的印象非常之深，等了好久，鴨子再不掉到井裏，我看井沿有一羣鴨子，我拿了秋杆就往井裏邊趕，可是鴨子不進去，圍着井口轉，而呱呱地叫着。我就招呼了在旁邊看熱鬧的小孩子，我說：

　　「幫我趕哪！」

　　正在吵吵叫叫的時候，祖父奔到了，祖父說：

「你在幹什麼？」

我説：

「趕鴨子，鴨子掉井，撈出來好燒吃。」

祖父説：

「不用趕了，爺爺抓個鴨子給你燒着。」

我不聽他的話，我還是追在鴨子的後邊跑着。

祖父上前來把我攔住了，抱在懷裏，一面給我擦着汗一面説：

「跟爺爺回家，抓個鴨子燒上。」

我想：不掉井的鴨子，抓都抓不住，可怎麼能規規矩矩貼起黃泥來讓燒呢？於是我從祖父的身上往下掙扎着，喊着：

「我要掉井的！我要掉井的！」

祖父幾乎抱不住我了。

第四章

一

一到了夏天，蒿草長沒大人的腰了，長沒我的頭頂了，黃狗進去，連個影也看不見了。

夜裏一颳起風來，蒿草就刷拉刷拉地響着，因為滿院子都是蒿草，所以那響聲就特別大，成羣結隊的就響起來了。

下了雨，那蒿草的梢上都冒着煙，雨本來下得不很大，若一看那蒿草，好像那雨下得特別大似的。

下了毛毛雨，那蒿草上就迷漫得朦朦朧朧的，像是已經來了大霧，或者像是要變天了，好像是下了霜的早晨，混混沌沌的，在蒸騰着白煙。

颳風和下雨，這院子是很荒涼的了。就是晴天，多大的太陽照在上空，這院子也一樣是荒涼的。沒有什麼顯眼耀目的裝飾，沒有人工設置過的一點痕跡，什麼都是任其自然，願意東，就東，願意西，就西。若是純然能夠做到這樣，倒也保存了原始的風景。但不對的，這算什麼風景呢？東邊堆着一堆朽木頭，西邊扔着一片亂柴火。左門旁排着一大片舊磚頭，右門邊曬着一片沙泥土。

沙泥土是廚子拿來搭爐灶的，搭好了爐灶的泥土就扔在門邊了。若問他還有什麼用處嗎，我想他也不知道，不過忘了就是了。

至於那磚頭可不知道是幹什麼的，已經放了很久了，

風吹日曬，下了雨被雨澆。反正磚頭是不怕雨的，澆澆又礙什麼事。那麼就澆着去吧，沒人管它。其實也正不必管它，湊巧爐灶或是炕洞子壞了，那就用得着它了。就在眼前，伸手就來，用着多麼方便。但是爐灶就總不常壞，炕洞子修的也比較結實。不知哪裏找的這樣好的工人，一修上炕洞子就是一年，頭一年八月修上，不到第二年八月是不壞的，就是到了第二年八月，也得泥水匠來，磚瓦匠來用鐵刀一塊一塊地把磚砍着搬下來。所以那門前的一堆磚頭似乎是一年也沒有多大的用處。三年兩年的還是在那裏擺着。大概總是越擺越少，東家拿去一塊墊花盆，西家搬去一塊又是做什麼。不然若是越擺越多，那可就糟了，豈不是慢慢地會把房門封起來嗎？

其實門前的那磚頭是越來越少的。不用人工，任其自然，過了三年兩載也就沒有了。

可是目前還是有的。就和那堆泥土同時在曬着太陽，它陪伴着它，它陪伴着它。

除了這個，還有打碎了的大缸扔在牆邊上，大缸旁邊還有一個破了口的罈子陪着它蹲在那裏。罈子底上沒有什麼，只積了半罈雨水，用手攀着罈子邊一搖動：那水裏邊有很多活物，會上下地跑，似魚非魚，似蟲非蟲，我不認識。再看那勉強站着的，幾乎是站不住了的已經被打碎了的大缸，那缸裏邊可是什麼也沒有。其實不能夠說那是「裏邊」，本來這缸已經破了肚子。談不到什麼「裏邊」「外邊」了。就簡稱「缸磔」吧！在這缸磔上什麼也沒有，光

滑可愛，用手一拍還會發響。小時候就就總喜歡到旁邊去搬一搬，一搬就不得了了，在這缸磂的下邊有無數的潮蟲。嚇得趕快就跑。跑得很遠地站在那裏回頭看着，看了一回，那潮蟲亂跑一陣又回到那缸磂的下邊去了。

這缸磂為什麼不扔掉呢？大概就是專養潮蟲。

和這缸磂相對着，還扣着一個豬槽子，那豬槽子已經腐朽了，不知扣了多少年了。槽子底上長了不少的蘑菇，黑森森的，那是些小蘑；看樣子，大概吃不得，不知長着做什麼。

靠着槽子的旁邊就睡着一柄生鏽的鐵犁頭。

說也奇怪，我家裏的東西都是成對的，成雙的。沒有單個的。

磚頭曬太陽，就有泥土來陪着。有破罈子，就有破大缸。有豬槽子就有鐵犁頭。像是它們都配了對，結了婚。而且各自都有新生命送到世界上來。比方缸子裏的似魚非魚，大缸下邊的潮蟲，豬槽子上的蘑菇等等。

不知為什麼，這鐵犁頭，卻看不出什麼新生命來，而是全體腐爛下去了。什麼也不生，什麼也不長，全體黃澄澄的。用手一觸就往下掉末，雖然它本質是鐵的，但淪落到今天，就完全像黃泥做的了，就像要癱了的樣子。比起它的同伴那木槽子來，真是遠差千里，慚愧慚愧。這犁頭假若是人的話，一定要流淚大哭：「我的體質比你們都好哇，怎麼今天衰弱到這個樣子？」

它不但它自己衰弱，發黃，一下了雨，它那滿身的黃

色的色素，還跟着雨水流到別人的身上去。那豬槽子的半邊已經被染黃了。

那黃色的水流，直流得很遠，是凡它所經過的那條土地，都被它染得焦黃。

二

我家是荒涼的。

一進大門，靠着大門洞子的東壁是三間破房子，靠着大門洞子的西壁仍是三間破房子。再加上一個大門洞，看起來是七間連着串，外表上似乎是很威武的，房子都很高大，架着很粗的木頭的房架。柁頭是很粗的，一個小孩抱不過來。都一律是瓦房蓋，房脊上還有透窿的用瓦做的花，迎着太陽看去，是很好看的，房脊的兩梢上，一邊有一個鴿子，大概也是瓦做的。終年不動，停在那裏。這房子的外表，似乎不壞。

但我看它內容空虛。

西邊的三間，自家用裝糧食的，糧食沒有多少，耗子可是成羣了。

糧食倉子底下讓耗子咬出洞來，耗子的全家在吃着糧食。耗子在下邊吃，麻雀在上邊吃。全屋都是土腥氣。窗子壞了，用板釘起來，門也壞了，每一開就顫抖抖的。

靠着門洞子西壁的三間房，是租給一家養豬的。那屋裏屋外沒有別的，都是豬了。大豬小豬，豬槽子，豬糧食。來往的人也都是豬販子，連房子帶人，都弄得氣味非常之

壞。

　　説來那家也並沒有養了多少豬，也不過十個八個的。每當黃昏的時候，那叫豬的聲音遠近得聞。打着豬槽子，敲着圈棚。叫了幾聲，停了一停。聲音有高有低，在黃昏的莊嚴的空氣裏好像是説他家的生活是非常寂寞的。

　　除了這一連串的七間房子之外，還有六間破房子，三間破草房，三間碾磨房。

　　三間碾磨房一起租給那家養豬的了，因為它靠近那家養豬的。

　　三間破草房是在院子的西南角上，這房子它單獨的跑得那麼遠，孤伶伶的，毛頭毛腳的，歪歪斜斜的站在那裏。

　　房頂的草上長着青苔，遠看去，一片綠，很是好看。下了雨，房頂上就出蘑菇，人們就上房採蘑菇，就好像上山去採蘑菇一樣，一採採了很多。這樣出蘑菇的房頂實在是很少有，我家的房子共有三十來間，其餘的都不會出蘑菇，所以住在那房裏的人一提着筐子上房去採蘑菇，全院子的人沒有不羨慕的，都説：

　　「這蘑菇是新鮮的，可不比那乾蘑菇，若是殺一個小雞炒上，那真好吃極了。」

　　「蘑菇炒豆腐，噯，真鮮！」

　　「雨後的蘑菇嫩過了仔雞。」

　　「蘑菇炒雞，吃蘑菇而不吃雞。」

　　「蘑菇下麵，吃湯而忘了麵。」

　　「吃了這蘑菇，不忘了姓才怪的。」

「清蒸蘑菇加薑絲，能吃八碗小米子乾飯。」

「你不要小看了這蘑菇，這是意外之財！」

同院住的那些羨慕的人，都恨自己為什麼不住在那草房裏。若早知道租了房子連蘑菇都一起租來了，就非租那房子不可。天下哪有這樣的好事，租房子還帶蘑菇的。於是感慨唏噓，相歡不已。

再說站在房間上正在採着的，在多少隻眼目之中，真是一種光榮的工作。於是也就慢慢的採，本來一袋煙的工夫就可以採完，但是要延長到半頓飯的工夫。同時故意選了幾個大的，從房頂上驕傲地拋下來，同時說：

「你們看吧，你們見過這樣乾淨的蘑菇嗎？除了是這個房頂，哪個房頂能夠長出這樣的好蘑菇來。」

那在下面的，根本看不清房頂，到底那蘑菇全部多大，以為一律是這樣大的，於是就更增加了無限的驚異。趕快彎下腰去拾起來，拿到家裏，晚飯的時候，賣豆腐的來，破費二百錢撿點豆腐，把蘑菇燒上。

可是那在房頂上的因為驕傲，忘記了那房頂有許多地方是不結實的，已經露了洞了，一不加小心就把腳掉下去了，把腳往外一拔，腳上的鞋子不見了。

鞋子從房頂落下去，一直就落在鍋裏，鍋裏正是翻開的滾水，鞋子就在滾水裏邊煮上了。鍋邊漏粉的人越看越有意思，越覺得好玩，那一隻鞋子在開水裏滾着，翻着，還從鞋底上滾下一些泥漿來，弄得漏下去的粉條都黃乎乎的了。可是他們還不把鞋子從鍋裏拿出來，他們說，反正

這粉條是賣的，也不是自己吃。

這房頂雖然產蘑菇，但是不能夠避雨，一下起雨來，全屋就像小水罐似的。摸摸這個是濕的，摸摸那個是濕的。

好在這裏邊住的都是些個粗人。

有一個歪鼻瞪眼的名叫「鐵子」的孩子。他整天手裏拿着一柄鐵鍬，在一個長槽子裏邊往下切着，切些個什麼呢？初到這屋子裏來的人是看不清的，因為熱氣騰騰的這屋裏不知都在做些個什麼。細一看，才能看出來他切的是馬鈴薯。槽子裏都是馬鈴薯。

這草房是租給一家開粉房的。漏粉的人都是些粗人，沒有好鞋襪，沒有好行李，一個一個的和小豬差不多，住在這房子裏邊是很相當的，好房子讓他們一住也怕是住壞了。何況每一下雨還有蘑菇吃。

這粉房裏的人吃蘑菇，總是蘑菇和粉配在一道，蘑菇炒粉，蘑菇燉粉，蘑菇煮粉。沒有湯的叫做「炒」，有湯的叫做「煮」，湯少一點的叫做「燉」。

他們做好了，常常還端着一大碗來送給祖父。等那歪鼻瞪眼的孩子一走了，祖父就説：

「這吃不得，若吃到有毒的就吃死了。」

但那粉房裏的人，從來沒吃死過，天天裏邊唱着歌，漏着粉。

粉房的門前搭了幾丈高的架子，亮晶晶的白粉，好像瀑布似的掛在上邊。

他們一邊掛着粉，一邊唱着。等粉條曬乾了，他們一

邊收着粉，也是一邊地唱着。那唱不是從工作所得到的愉快，好像含着眼淚在笑似的。

逆來順受，你說我的生命可惜，我自己卻不在乎。你看着很危險，我卻自己以為得意。不得意怎麼樣？人生是苦多樂少。

那粉房裏的歌聲，就像一朵紅花開在了牆頭上。越鮮明，就越覺得荒涼。

> 正月十五正月正，
> 家家戶戶掛紅燈。
> 人家的丈夫團圓聚，
> 孟姜女的丈夫去修長城。

只要是一個晴天，粉絲一掛起來了，這歌音就聽得見的。因為那破草房是在西南角上，所以那聲音比較的遼遠。偶爾也有裝腔女人的音調在唱「五更天」。

那草房實在是不行了，每下一次大雨，那草房北頭就要多加一隻支柱，那支柱已經有七八隻之多了，但是房子還是天天的往北邊歪。越歪越厲害，我一看了就害怕，怕從那旁邊一過，恰好那房子倒了下來，壓在我身上。那房子實在是不像樣了，窗子本來是四方的，都歪斜得變成菱形的了。門也歪斜得關不上了。牆上的大柁就像要掉下來似的，向一邊跳出來了。房脊上的正樑一天一天的往北走，已經拔了榫，脫離別人的牽制，而它自己單獨行動起

來了。那些釘在房脊上的椽杆子，能夠跟着它跑的，就跟着它一順水地往北邊跑下去了；不能夠跟着它跑的，就掙斷了釘子，而垂下頭來，向着粉房裏的人們的頭垂下來，因為另一頭是壓在簷外，所以不能夠掉下來，只是滴裏郎當地垂着。

我一次進粉房去，想要看一看漏粉到底是怎樣漏法。但是不敢細看，我很怕那椽子頭掉下來打了我。

一颳起風來，這房子就喳喳的山響，大柁響，馬樑響，門框、窗框響。

一下了雨，又是喳喳的響。

不颳風，不下雨，夜裏也是會響的，因為夜深人靜了，萬物齊鳴，何況這本來就會響的房子，哪能不響呢。

以它響得最厲害。別的東西的響，是因為傾心去聽它，就是聽得到的，也是極幽渺的，不十分可靠的。也許是因為一個人的耳鳴而引起來的錯覺，比方貓、狗、蟲子之類的響叫，那是因為他們是生物的緣故。

可曾有人聽過夜裏房子會叫的，誰家的房子會叫，叫得好像個活物似的，嚓嚓的，帶着無限的重量。往往會把睡在這房子裏的人叫醒。

被叫醒了的人，翻了一個身說：

「房子又走了。」

真是活神活現，聽他說了這話，好像房子要搬了場似的。

房子都要搬場了，為什麼睡在裏邊的人還不起來，他

是不起來的，他翻了個身又睡了。

住在這裏邊的人，對於房子就要倒的這會事，毫不加戒心，好像他們已經有了血族的關係，是非常信靠的。

似乎這房一旦倒了，也不會壓到他們，就算是壓到了，也不會壓死的，絕對地沒有生命的危險。這些人的過度的自信，不知從哪裏來的，也許住在那房子裏邊的人都是用鐵鑄的，而不是肉長的。再不然就是他們都是敢死隊，生命置之度外了。

若不然為什麼這麼勇敢？生死不怕。

若説他們是生死不怕，那也是不對的，比方那曬粉條的人，從杆子上往下摘粉條的時候，那杆子掉下來了，就嚇他一哆嗦。粉條打碎了，他還沒有敲打着。他把粉條收起來，他還看着那杆子，他思索起來，他説：

「莫不是……」

他越想越奇怪，怎麼粉打碎了，而人沒打着呢。他把那杆子扶了上去，遠遠地站在那裏看着，用眼睛捉摸着。越捉摸越覺得可怕。

「唉呀！這要是落到頭上呢。」

那真是不堪想像了。於是他摸着自己的頭頂，他覺得萬幸萬幸，下回該加小心。

本來那杆子還沒有房椽子那麼粗，可是他一看見，他就害怕，每次他再曬粉條的時候，他都是躲着那杆子，連在它旁邊走也不敢走。總是用眼睛溜着它，過了很多日才算把這回事忘了。

若下雨打雷的時候，他就把燈滅了，他們說雷撲火，怕雷劈着。

他們過河的時候，拋兩個銅板到河裏去，傳說河是饞的，常常淹死人的，把銅板一擺到河裏，河神高興了，就不會把他們淹死了。

這證明住在這嚓嚓響着的草房裏的他們，也是很膽小的，也和一般人一樣是顫顫驚驚地活在這世界上。

那麼這房子既然要塌了，他們為什麼不怕呢？

據賣饅頭的老趙頭說：

「他們要的就是這個要倒的嘛！」

據粉房裏的那個歪鼻瞪眼的孩子說：

「這是住房子啊，也不是娶媳婦要她周周正正。」

據同院住的周家的兩位少年紳士說：

「這房子對於他們那等粗人，就再合適也沒有了。」

據我家的有二伯說：

「是他們貪圖便宜，好房子呼蘭城裏有的多，為啥他們不搬家呢？好房子人家要房錢的呀，不像是咱們家這房子，一年送來十斤二十斤的乾粉就完事，等於白住。你二伯是沒有家眷，若不我也找這樣房子去住。」

有二伯說的也許有點對。

祖父早就想拆了那座房子的，是因為他們幾次的全體挽留才留下來的。

至於這個房子將來倒與不倒，或是發生什麼幸與不幸，大家都以為這太遠了，不必想了。

三

我家的院子是很荒涼的。

那邊住着幾個漏粉的，那邊住着幾個養豬的。養豬的那廂房裏還住着一個拉磨的。

那拉磨的，夜裏打着梆子通夜的打。

養豬的那一家有幾個閒散雜人，常常聚在一起唱着秦腔，拉着胡琴。

西南角上那漏粉的則歡喜在晴天裏邊唱一個《歎五更》。

他們雖然是拉胡琴、打梆子、歎五更，但是並不是繁華的，並不是一往直前的，並不是他們看見了光明，或是希望着光明，這些都不是的。

他們看不見什麼是光明的，甚至於根本也不知道，就像太陽照在了瞎子的頭上了，瞎子也看不見太陽，但瞎子卻感到實在是溫暖了。

他們就是這類人，他們不知道光明在哪裏，可是他們實實在在地感得到寒涼就在他們的身上，他們想擊退了寒涼，因此而來了悲哀。

他們被父母生下來，沒有什麼希望，只希望吃飽了，穿暖了。但也吃不飽，也穿不暖。

逆來的，順受了。

順來的事情，卻一輩子也沒有。

磨房裏那打梆子的，夜裏常常是越打越響，他越打得激烈，人們越說那聲音淒涼。因為他單單的響音，沒

有同調。

四

我家的院子是很荒涼的。

粉房旁邊的那小偏房裏，還住着一家趕車的，那家喜歡跳大神，常常就打起鼓來，喝喝咧咧唱起來了。鼓聲往往打到半夜才止，那説仙道鬼的，大神和二神的一對一答。蒼涼，幽渺，真不知今世何世。

那家的老太太終年生病，跳大神都是為她跳的。

那家是這院子頂豐富的一家，老少三輩。家風是乾淨利落，為人謹慎，兄友弟恭，父慈子愛。家裏絕對的沒有閒散雜人。絕對不像那粉房和那磨房，説唱就唱，説哭就哭。他家永久是安安靜靜的。跳大神不算。

那終年生病的老太太是祖母，她有兩個兒子，大兒子是趕車的，二兒子也是趕車的。一個兒子都有一個媳婦。大兒媳婦胖胖的，年已五十了。二兒媳婦瘦瘦的，年已四十了。

除了這些，老太太還有兩個孫兒，大孫兒是二兒子的。二孫兒是大兒子的。

因此他家裏稍稍有點不睦，那兩個媳婦妯娌之間，稍稍有點不合適，不過也不很明朗化。只是你我之間各自曉得。做嫂子的總覺得兄弟媳婦對她有些不馴，或者就因為她的兒子大的緣故吧。兄弟媳婦就總覺得嫂子是想壓她，憑什麼想壓人呢？自己的兒子小，沒有媳婦指使着，看了

別人還**眼氣**①。

老太太有了兩個兒子，兩個孫子，認為十分滿意了。人手整齊，將來的家業，還會不興旺嗎？就不用說別的，就說趕大車這把力氣也是夠用的。看看誰家的車上是爺四個，拿鞭子的，坐在車後尾巴上的都是姓胡，沒有外姓。在家一盆火，出外父子兵。

所以老太太雖然是終年病着，但很樂觀，也就是跳一跳大神什麼的解一解心疑也就算了。她覺得就是死了，也是心安理得的了，何況還活着，還能夠看得見兒子們的忙忙碌碌。

媳婦們對於她也很好的，總是隔長不短的張羅着給她花幾個錢跳一跳大神。

每一次跳神的時候，老太太總是坐在炕裏，靠着枕頭，掙扎着坐了起來，向那些來看熱鬧的姑娘媳婦們講：

「這回是我大媳婦給我張羅的」或是「這回是我二媳婦給我張羅的」。

她說的時候非常得意，說着說着就坐不住了。她患的是癱病，就趕快招媳婦們來把她放下了。放下了還要喘一袋煙的工夫。

看熱鬧的人，沒有一個不說老太太慈祥的，沒有一個不說媳婦孝順的。

所以每一跳大神，遠遠近近的人都來了，東院西院的，

---

① **眼氣**：謂看見美好的事物而極為羨慕且想得到。

還有前街後街的也都來了。

只是不能夠預先訂座，來得早的就有凳子、炕沿坐。來得晚的，就得站着了。

一時這胡家的孝順，居於領導的地位，風傳一時，成為婦女們的楷模。

不但婦女，就是男人也得説：

「老胡家人旺，將來財也必旺。」

「天時、地利、人和，最要緊的還是人和。人和了，天時不好也好了。地利不利也利了。」

「將來看着吧，今天人家趕大車的，再過五年看，不是二等戶，也是三等戶。」

我家的有二伯説：

「你看着吧，過不了幾年人家就騾馬成羣了。別看如今人家就一輛車。」

他家的大兒媳婦和二兒媳婦的不睦，雖然沒有新的發展，可也總沒有消滅。

大孫子媳婦通紅的臉，又能幹，又溫順。人長得不肥不瘦，不高不矮，説起話來，聲音不大不小。正合適配到他們這樣的人家。

車回來了，牽着馬就到井邊去飲水。車馬一出去了，就餵草。看她那長樣可並不是做這類粗活人，可是做起事來並不弱於人，比起男人來，也差不了許多。

放下了外邊的事情不説，再説屋裏的，也樣樣拿得起來，剪、裁、縫、補，做哪樣像哪樣，他家裏雖然沒有什

麼綾、羅、綢、緞可做的，就說粗布衣也要做個四六見線，平平板板，一到過年的時候，無管怎樣忙，也要偷空給奶奶婆婆，自己的婆婆，大娘婆婆，各人做一雙花鞋。雖然沒有什麼好的鞋面，就說青水布的，也要做個精緻。雖然沒有絲線，就用棉花線，但那顏色卻配得水靈靈地新鮮。

奶奶婆婆的那雙繡的是桃紅的大瓣蓮花。大娘婆婆的那雙繡的是牡丹花。婆婆的那雙繡的是素素雅雅的綠葉蘭。

這孫子媳婦回了娘家，娘家的人一問她婆家怎樣，她說都好都好，將來非發財不可。大伯公是怎樣的兢兢業業，公公是怎樣的吃苦耐勞。奶奶婆婆也好，大娘婆婆也好。凡是婆家的無一不好。完全順心，這樣的婆家實在難找。

雖然她的丈夫也打過她，但她說，哪個男人不打女人呢？於是也心滿意足地並不以為那是缺陷了。

她把繡好的花鞋送給奶奶婆婆，她看她繡了那麼一手好花，她感到了對這孫子媳婦有無限的慚愧，覺得這樣一手好針線，每天讓她餵豬打狗的，真是難為她了，奶奶婆婆把手伸出來，把那鞋接過來，真是不知如何說好，只是輕輕地托着那鞋，蒼白的臉孔，笑盈盈地點着頭。

這是這樣好的一個大孫子媳婦。二孫子媳婦也訂好了，只是二孫子還太小，一時不能娶過來。

她家的兩個妯娌之間的磨擦，都是為了這沒有娶過來的媳婦，她自己的婆婆的主張把她接過來，做**團圓媳婦**[①]，嬸婆婆就不主張接來，說她太小不能幹活，只能白吃飯，有什麼好處。

爭執了許久，來與不來，還沒有決定。等下回給老太太跳大神的時候，順便問一問大仙家再說吧。

五

我家是荒涼的。

天還未明，雞先叫了；後邊磨房裏那梆子聲還沒有停止，天就發白了。天一發白，烏鴉羣就來了。

我睡在祖父旁邊，祖父一醒，我就讓祖父唸詩，祖父就唸：

「春眠不覺曉，處處聞啼鳥。夜來風雨聲，花落知多少？」

「春天睡覺不知不覺地就睡醒了，醒了一聽，處處有鳥叫着，回想昨夜的風雨，可不知道今早花落了多少。」

是每唸必講的，這是我的約請。

祖父正在講着詩，我家的老廚子就起來了。

他咳嗽着，聽得出來，他擔着水桶到井邊去挑水去了。

井口離得我家的住房很遠，他搖着井繩嘩啦啦地響，日裏是聽不見的，可是在清晨，就聽得分外地清明。

老廚子挑完了水，家裏還沒有人起來。

聽得見老廚子刷鍋的聲音唰啦啦地響。老廚子刷完了鍋，燒了一鍋洗臉水了，家裏還沒有人起來。

---

① **團圓媳婦**：也叫童養媳。舊社會貧窮家庭會將養不起的女兒賣或送給有男孩的家庭做媳婦，實際是讓夫家撫養，長大後就讓他們結婚。

我和祖父唸詩，一直唸到太陽出來。

祖父説：

「起來吧。」

「再唸一首。」

祖父説：

「再唸一首可得起來了。」

於是再唸一首，一唸完了，我又賴起來不算了，説再唸一首。

每天早晨都是這樣糾纏不清地鬧。等一開了門，到院子去。院子裏邊已經是萬道金光了，大太陽曬在頭上都滾熱的了。太陽兩丈高了。

祖父到雞架那裏去放雞，我也跟在那裏，祖父到鴨架那裏去放鴨，我也跟在後邊。

我跟着祖父，大黃狗在後邊跟着我。我跳着，大黃狗搖着尾巴。

大黃狗的頭像盆那麼大，又胖又圓，我總想要當一匹小馬來騎牠。祖父説騎不得。

但是大黃狗是喜歡我的，我是愛大黃狗的。

雞從架裏出來了，鴨子從架裏出來了，牠們抖擻着毛，一出來就連跑帶叫的，吵的聲音很大。

祖父撒着通紅的高粱粒在地上，又撒了金黃的穀粒子在地上。

於是雞啄食的聲音，咯咯地響成羣了。

餵完了雞，往天空一看，太陽已經三丈高了。

我和祖父回到屋裏，擺上小桌，祖父吃一碗飯米湯，澆白糖；我則不吃，我要吃燒苞米；祖父領着我，到後園去，趁着露水去到苞米叢中為我擗一穗苞米來。

擗來了苞米，襪子、鞋，都濕了。

祖父讓老廚子把苞米給我燒上，等苞米燒好了，我已經吃了兩碗以上的飯米湯澆白糖了。苞米拿來，我吃了一兩個粒，就說不好吃，因為我已吃飽了。

於是我手裏拿燒苞米就到院子去餵大黃去了。

「大黃」就是大黃狗的名字。

街上，在牆頭外面，各種叫賣聲音都有了，賣豆腐的，賣饅頭的，賣青菜的。

賣青菜的喊着，茄子、黃瓜、茭豆和小葱子。

一挑喊着過去了，又來了一挑；這一挑不喊茄子、黃瓜，而喊着芹菜、韭菜、白菜……

街上雖然熱鬧起來了，而我家裏則仍是靜悄悄的。

滿院子蒿草，草裏面叫着蟲子。破東西，東一件西一樣的扔着。

看起來似乎是因為清早，我家才冷靜，其實不然的，是因為我家的房子多，院子大，人少的緣故。

那怕就是到了正午，也仍是靜悄悄的。

每到秋天，在蒿草的當中，也往往開了蓼花，所以引來了不少的蜻蜓和蝴蝶在那荒涼的一片蒿草上鬧着。這樣一來，不但不覺得繁華，反而更顯得荒涼寂寞。

第五章

一

我玩的時候，除了在後花園裏，有祖父陪着，其餘的玩法，就只有我自己了。

我自己在房簷下搭了個小布棚，玩着玩着就睡在那布棚裏了。

我家的窗子是可以摘下來的，摘下來直立着是立不住的，就靠着牆斜立着，正好立出一個小斜坡來，我稱這小斜坡叫「小屋」，我也常常睡到這小屋裏邊去了。

我家滿院子是蒿草，蒿草上飛着許多蜻蜓，那蜻蜓是為着紅蓼花而來的。可是我偏偏喜歡捉牠，捉累了就躺在蒿草裏邊睡着了。

蒿草裏邊長着一叢一叢的天星星，好像山葡萄似的，是很好吃的。

我在蒿草裏邊搜索着吃，吃睏了，就睡在天星星秧子的旁邊了。

蒿草是很厚的，我躺在上邊好像是我的褥子，蒿草是很高的，它給我遮着蔭涼。

有一天，我正在蒿草裏邊做着夢，那是下午晚飯之前，太陽偏西的時候。大概我睡得不太着實，我似乎是聽到了什麼地方有不少的人講着話，說說笑笑，似乎是很熱鬧。但到底發生了什麼事情，卻聽不清，只覺得在西南角上，或者是院裏，或者是院外。到底是院裏院外，那就不大清

楚了。反正是有幾個人在一起嚷嚷着。

我似睡非睡地聽了一會就又聽不見了。大概我已經睡着了。

等我睡醒了，回到屋裏去，老廚子第一個就告訴我：

「老胡家的團圓媳婦來啦，你還不知道，快吃了飯去看吧！」

老廚子今天特別忙，手裏端着一盤黃瓜菜往屋裏走，因為跟我指手畫腳地一講話，差一點沒把菜碟子掉在地上，只把黃瓜絲打翻了。

我一走進祖父的屋去，只有祖父一個人坐在飯桌前面，桌子上邊的飯菜都擺好了，卻沒有人吃，母親和父親都沒有來吃飯，有二伯也沒有來吃飯。祖父一看見我，祖父就問我：

「那團圓媳婦好不好？」

大概祖父以為我是去看團圓媳婦回來的。我說我不知道，我在草棵裏邊吃天星星來的。

祖父說：

「你媽他們都去看團圓媳婦去了，就是那個跳大神的老胡家。」

祖父說着就招呼老廚子，讓他把黃瓜菜快點拿來。

醋拌黃瓜絲，上邊澆着辣椒油，紅的紅，綠的綠，一定是那老廚子又重切了一盤的，那盤我眼看着撒在地上了。

祖父一看黃瓜菜也來了，祖父說：

「快吃吧，吃了飯好看團圓媳婦去。」

老廚子站在旁邊，用圍裙在擦着他滿臉的汗珠，他每一說話就眨巴眼睛，從嘴裏往外噴着唾沫星。他說：

「那看團圓媳婦的人才多呢！糧米舖的二老婆，帶着孩子也去了。後院的小麻子也去了，西院老楊家也來了不少的人，都是從牆頭上跳過來的。」

他說他在井沿上打水看見的。

經他這一喧惑，我說：

「爺爺，我不吃飯了，我要看團圓媳婦去。」

祖父一定讓我吃飯，他說吃了飯他帶我去。我急得一頓飯也沒有吃好。我從來沒有看過團圓媳婦，我以為團圓媳婦不知道多麼好看呢！越想越覺得一定是很好看的，越着急也越覺得是非特別好看不可。不然，為什麼大家都去看呢。不然，為什麼母親也不回來吃飯呢。

越想越着急，一定是很好看的節目都看過。若現在就去，還多少看得見一點，若再去晚了，怕是就來不及了。我就催促着祖父。

「快吃，快吃，爺爺快吃吧。」

那老廚子還在旁邊亂講亂說，祖父間或問他一兩句。

我看那老廚子打擾祖父吃飯，我就不讓那老廚子說話。那老廚子不聽，還是笑嘻嘻地說。我就下地把老廚子硬推出去了。

祖父還沒有吃完，老周家的周三奶又來了，她說她的公雞總是往我這邊跑，她是來捉公雞的。公雞已經捉到了，她還不走，她還扒着玻璃窗子跟祖父講話，她說：

「老胡家那小團圓媳婦過來，你老爺子還沒去看看嗎？那看的人才多呢，我還沒去呢，吃了飯就去。」

祖父也説吃了飯就去，可是祖父的飯總也吃不完。一會要點辣椒油，一會要點鹹鹽麪的。我看不但我着急，就是那老廚子也急得不得了了。頭上直冒着汗，眼睛直眨巴。

祖父一放下飯碗，連點一袋煙我也不讓他點，拉着他就往西南牆角那邊走。

一邊走，一邊心裏後悔，眼看着一些看熱鬧的人都回來了。為什麼一定要等祖父呢？不會一個人早就跑着來嗎？何況又覺得我躺在草棵子裏就已經聽見這邊有了動靜了。真是越想越後悔，這事情都鬧了一個下半天了，一定是好看的都過去了，一定是來晚了。白來了，什麼也看不見了，在草棵子聽到了這邊説笑，為什麼不就立刻跑來看呢？越想越後悔。

自己和自己生氣，等到了老胡家的窗前，一聽，果然連一點聲音也沒有了。差一點沒有氣哭了。

等真的進屋一看，全然不是那麼一回事，母親，周三奶奶，還有些個不認的人，都在那裏，與我想像的完全不一樣，沒有什麼好看的，團圓媳婦在那兒？我也看不見，經人家指指點點的，我才看見了。不是什麼媳婦，而是一個小姑娘。

我一看就沒有興趣了，拉着爺爺就向外邊走，説：

「爺爺回家吧。」

等第二天早晨她出來倒洗臉水的時候，我看見她了。

她的頭髮又黑又長，梳着很大的辮子，普通姑娘們的辮子都是到腰間那麼長，而她的辮子竟快到膝間了。她臉長得黑忽忽的，笑呵呵的。

院子裏的人，看過老胡家的團圓媳婦之後，沒有什麼不滿意的地方。不過都說太大方了，不像個團圓媳婦了。

周三奶奶說：

「見人一點也不知道羞。」

隔院的楊老太太說：

「那才不怕羞呢！頭一天來到婆家，吃飯就吃三碗。」

周三奶奶又說：

「喲喲！我可沒見過，別說還是一個團圓媳婦，就說一進門就姓了人家的姓，也得頭兩天看看人家的臉色。喲喲！那麼大的姑娘。她今年十幾歲啦？」

「聽說十四歲麼！」

「十四歲會長得那麼高，一定是瞞歲數。」

「可別說呀！也有早長的。」

「可是他們家可怎麼睡呢？」

「可不是，老少三輩，就三鋪小炕……」

這是楊老太太扒在牆頭上和周三奶奶講的。

至於我家裏，母親也說那團圓媳婦不像個團圓媳婦。

老廚子說：

「沒見過，大模大樣的，兩個眼睛骨碌骨碌地轉。」

有二伯說：

「介（這）年頭是啥年頭呢，團圓媳婦也不像個團圓

媳婦了。」

只是祖父什麼也不說，我問祖父：

「那團圓媳婦好不好？」

祖父說：

「怪好的。」

於是我也覺得怪好的。

她天天牽馬到井邊上去飲水，我看見她好兒回，中間沒有什麼人介紹，她看看我就笑了，我看看她也笑了。我問她十幾歲？她說：

「十二歲。」

我說不對。

「你十四歲，人家都說你十四歲。」

她說：

「他們看我長得高，說十二歲怕人家笑話，讓我說十四歲的。」

我不知道，為什麼長得高還讓人家笑話，我問她：

「你到我們草棵子裏去玩好吧！」

她說：

「我不去，他們不讓。」

二

過了沒有幾天，那家就打起團圓媳婦來了，打得特別厲害，那叫聲不管多遠都可以聽得見的。

這全院子都是沒有小孩子的人家，從沒有聽到過誰家

在哭叫。

鄰居左右因此又都議論起來，説早就該打的，哪有那樣的團圓媳婦一點也不害羞，坐到那兒坐得筆直，走起路來，走得風快。

她的婆婆在井邊上飲馬，和周三奶奶説：

「給她一個下馬威。你聽着吧，我回去我還得打她呢，這小團圓媳婦才厲害呢！沒見過，你擰她大腿，她咬你；再不然，她就説她回家。」

從此以後，我家的院子裏，天天有哭聲，哭聲很大，一邊哭，一邊叫。

祖父到老胡家去説了幾回，讓他們不要打她了；説小孩子，知道什麼，有點差錯教導教導也就行了。

後來越打越厲害了，不分晝夜，我睡到半夜醒來和祖父唸詩的時候，唸着唸着就聽西南角上哭叫起來了。

我問祖父：

「是不是那小團圓媳婦哭？」

祖父怕我害怕，説：

「不是，是院外的人家。」

我問祖父：

「半夜哭什麼？」

祖父説：

「別管那個，唸詩吧。」

清早醒了，正在唸「春眠不覺曉」的時候，那西南角上的哭聲又來了。

一直哭了很久，到了冬天，這哭聲才算沒有了。

三

雖然不哭了，那西南角上又夜夜跳起大神來，打着鼓，叮噹叮噹地響；大神唱一句，二神唱一句，因為是夜裏，聽得特別清晰，一句半句的我都記住了。

什麼「小靈花呀」，什麼「胡家讓她去出馬呀」。

差不多每天大神都唱些這個。

早晨起來，我就模擬着唱：

「小靈花呀，胡家讓她去出馬呀……」

而且叮叮噹，叮叮噹的，用聲音模擬着打鼓。

「小靈花」就是小姑娘；「胡家」就是胡仙；「胡仙」就是狐狸精；「出馬」就是跳大神的。

大神差不多跳了一個冬天，把那小團圓媳婦就跳出毛病來了。

那小團圓媳婦，有點黃，沒有夏天她剛一來的時候，那麼黑了。不過還是笑呵呵的。

祖父帶着我到那家去串門，那小團圓媳婦還過來給祖父裝了一袋煙。

她看見我，也還偷着笑，大概她怕她婆婆看見，所以沒和我説話。

她的辮子還是很大的。她的婆婆説她有病了，跳神給她趕鬼。

等祖父臨出來的時候，她的婆婆跟出來了，小聲跟祖

父説：

「這團圓媳婦，怕是要不好，是個胡仙旁邊的，胡仙要她去出馬……」

祖父想要讓他們搬家。但呼蘭河這地方有個規矩，春天是二月搬家，秋天是八月搬家。一過了二八月就不是搬家的時候了。

我們每當半夜讓跳神驚醒的時候，祖父就説：

「明年二月就讓他們搬了。」

我聽祖父説了好幾次這樣的話。

當我模擬着大神喝喝咧咧地唱着「小靈花」的時候，祖父也説那同樣的話，明年二月讓他們搬家。

四

可是在這期間，院子的西南角上就越鬧越厲害。請一個大神，請好幾個二神，鼓聲連天地響。

説那小團圓媳婦若再去讓她出馬，她的命就難保了。所以請了不少的二神來，設法從大神那裏把她要回來。

於是有許多人給他家出了主意，人哪能夠見死不救呢？於是凡有善心的人都幫起忙來。他説他有一個偏方，她説她有一個邪令。

有的主張給她紮一個穀草人，到南大坑去燒了。

有的主張到紮彩舖去紮一個紙人，叫做「替身」，把它燒了或者可以替了她。

有的主張給她畫上花臉，把大神請到家裏，讓那大神

看了，嫌她太醜，也許就不捉她當弟子了，就可以不必出馬了。

周三奶奶則主張給她吃一個全毛的雞，連毛帶腿地吃下去，選一個星星出全的夜，吃了用被子把人蒙起來，讓她出一身大汗。蒙到第二天早晨雞叫，再把她從被子放出來。她吃了雞，她又出了汗，她的魂靈裏邊因此就永遠有一個雞存在着，神鬼和胡仙黃仙就都不敢上她的身了。傳說鬼是怕雞的。

據周三奶奶說，她的曾祖母就是被胡仙抓住過的，鬧了整整三年，差一點沒死，最後就是用這個方法治好的。因此一生不再鬧別的病了。她半夜裏正做一個惡夢，她正嚇得要命，她魂靈裏邊的那個雞，就幫了她的忙，只叫了一聲，惡夢就醒了。她一輩子沒生過病。說也奇怪，就是到死，也死得不凡，她死那年已經是八十二歲了。八十二歲還能夠拿着花線繡花，正給她小孫子繡花兜肚嘴。繡着繡着，就有點睏了，她坐在木凳上，背靠着門扇就打一個盹。這一打盹就死了。

別人就問周三奶奶：

「你看見了嗎？」

她說：

「可不是……你聽我說呀，死了三天三夜按都按不倒。後來沒有辦法，給她打着一口棺材也是坐着的，把她放在棺材裏，那臉色是紅撲撲的，還和活着的一樣……」

別人問她：

「你看見了嗎？」

她說：

「喲喲！你這問的可怪，傳話傳話，一輩子誰能看見多少，不都是傳話傳的嗎！」

她有點不大高興了。

再說西院的楊老太太，她也有個偏方，她說黃連二兩，豬肉半斤，把黃連和豬肉都切碎了，用瓦片來焙，焙好了，壓成麵，用紅紙包分成五包包起來。每次吃一包，專治驚風，掉魂。

這個方法，倒也簡單。雖然團圓媳婦害的病可不是驚風，掉魂，似乎有點藥不對症。但也無妨試一試，好在只是二兩黃連，半斤豬肉。何況呼蘭河這個地方，又常有賣便宜豬肉的。雖說那豬肉怕是瘟豬，有點靠不住。但那是治病，也不是吃，又有什麼關係。

「去，買上半斤來，給她治一治。」

旁邊有着贊成的說：

「反正治不好也治不壞。」

她的婆婆也說：

「反正死馬當活馬治吧！」

於是團圓媳婦先吃了半斤豬肉加二兩黃連。

這藥是婆婆親手給她焙的。可是切豬肉是他家的大孫子媳婦給切的。那豬肉雖然是連紫帶青的，但中間畢竟有一塊是很紅的，大孫子媳婦就偷着把這塊給留下來了，因為她想，奶奶婆婆不是四五個月沒有買到一點**葷腥**①了嗎？

208

於是她就給奶奶婆婆偷着下了一碗麵疙瘩湯吃了。

奶奶婆婆問：

「可哪兒來的肉？」

大孫子媳婦説：

「你老人家吃就吃吧，反正是孫子媳婦給你做的。」

那團圓媳婦的婆婆是在灶坑裏邊搭起瓦來給她焙藥。一邊焙着，一邊説：

「這可是半斤豬肉，一條不缺……」

越焙，那豬肉的味越香，有一匹小貓嗅到了香味而來了，想要在那已經焙好了的肉乾上攫一爪，牠剛一伸爪，團圓媳婦的婆婆一邊用手打着那貓，一邊説：

「這也是你動得爪的嗎！你這饞嘴巴，人家這是治病呵，是半斤豬肉，你也想要吃一口？你若吃了這口，人家的病可治不好了。一個人活活地要死在你身上，你這不知好歹的。這是整整半斤肉，不多不少。」

藥焙好了，壓碎了就沖着水給團圓媳婦吃了。

一天吃兩包，才吃了一天，第二天早晨，藥還沒有再吃，還有三包壓在灶王爺板上，那些傳偏方的人就又來了。

有的説，黃連可怎麼能夠吃得？黃連是大涼藥，出虛汗像她這樣的人，一吃黃連就要洩了元氣，一個人要洩了元氣那還得了嗎？

又一個人説：

---

① **葷腥**：雞鴨魚肉等肉類，也指氣味濃烈的菜蔬。葷 hūn，粵音昏。

「那可吃不得呀！吃了過不去兩天就要一命歸陰的。」

團圓媳婦的婆婆說：

「那可怎麼辦呢？」

那個人就慌忙的問：

「吃了沒有呢？」

團圓媳婦的婆婆剛一開口，就被他家的聰明的大孫子媳婦給遮過去了，說：

「沒吃，沒吃，還沒吃。」

那個人說：

「既然沒吃就不要緊，真是你老胡家有天福，吉星高照，你家差點沒有攤了人命。」

於是他又給出了個偏方，這偏方，據他說已經不算是偏方了，就是東二道街上「李永春」藥舖的先生也常常用這個方單，是一用就好的，百試，百靈。無管男、女、老、幼，一吃一個好。也無管什麼病，頭痛、腳痛、肚子痛、五臟六腑痛，跌、打、刀傷，生瘡、生疔、生瘤子……

不管什麼病，藥到病除。

這究竟是什麼藥呢？人們越聽這藥的效力大，就越想知道究竟是怎樣的一種藥。

他說：

「年老的人吃了，眼花繚亂，又恢復到了青春。」

「年輕的人吃了，力氣之大，可以搬動泰山。」

「婦女吃了，不用胭脂粉，就可以面如桃花。」

「小孩子吃了，八歲可以拉弓，九歲可以射箭，十二

歲可以考狀元。」

開初，老胡家的全家，都為之驚動，到後來怎麼越聽越遠了。本來老胡家一向是趕車拴馬的人家，一向沒有考狀元。

大孫子媳婦，就讓一些圍觀的閃開一點，她到梳頭匣子裏拿出一根畫眉的柳條炭來。

她說：

「快請把藥方開給我們吧，好到藥舖去趕早抓藥。」

這個出藥方的人，本是「李永春」藥舖的廚子。三年前就離開了「李永春」那裏了。三年前他和一個婦人吊膀子，那婦人背棄了他，還帶走了他半生所積下的那點錢財，因此一氣而成了個半瘋。雖然是個半瘋了，但他在「李永春」那裏所記住的藥名字還沒有全然忘記。

他是不會寫字的，他就用嘴說：

「車前子二錢，當歸二錢，生地二錢，藏紅花二錢，川貝母二錢，白朮二錢，遠志二錢，紫河車二錢……」

他說着說着似乎就想不起來了，急得頭頂一冒汗，張口就說紅糖二斤，就算完了。

說完了，他就和人家討酒喝。

「有酒沒有，給兩盅喝喝。」

這半瘋，全呼蘭河的人都曉得，只有老胡家不知道。因為老胡家是外來戶，所以受了他的騙了。家裏沒有酒，就給了他兩吊錢的酒錢。那個藥方是根本不能夠用的，是他隨意胡說了一陣的結果。

團圓媳婦的病，一天比一天嚴重，據他家裏的人說，夜裏睡覺，她要忽然坐起來的。看了人她會害怕的。她的眼睛裏邊老是充滿了眼淚。這團圓媳婦大概非出馬不可了。若不讓她出馬，大概人要好不了的。

　　這種傳說，一傳出來，東鄰西鄰的，又都去建了議，都說哪能夠見死不救呢？

　　有的說，讓她出馬就算了。有的說，還是不出馬的好。年輕輕的就出馬，這一輩子可得什麼時候才能夠到個頭。

　　她的婆婆則是絕對不贊成出馬的，她說：

　　「大家可不要錯猜了，以為我訂這媳婦的時候花了幾個錢，我不讓她出馬，好像我捨不得這幾個錢似的。我也是那麼想，一個小小的人出了馬，這一輩子可什麼時候才到個頭。」

　　於是大家就都主張不出馬的好，想偏方的，請大神的，各種人才齊聚，東說東的好，西說西的好。於是來了一個「抽帖兒的」。

　　他說他不遠千里而來，他是從鄉下趕到的。他聽城裏的老胡家有一個團圓媳婦新接來不久就病了。經過多少名醫，經過多少仙家也治不好，他特地趕來看看，萬一要用得着，救一個人命也是好的。

　　這樣一說，十分使人感激。於是讓到屋裏，坐在奶奶婆婆的炕沿上。給他倒一杯水，給他裝一袋煙。

　　大孫子媳婦先過來說：

　　「我家的弟妹，年本十二歲，因為她長得太高，就說

她十四歲。又說又笑，百病皆無。自接到我們家裏就一天
一天的黃瘦。到近來就水不想喝，飯不想吃，睡覺的時候
睜着眼睛，一驚一乍的。什麼偏方都吃過了，什麼香火也
都燒過了。就是百般地不好……」

　　大孫子媳婦還沒有說完，大娘婆婆就接着說：

　　「她來到我家，我沒給她氣受，哪家的團圓媳婦不受
氣，一天打八頓，罵三場。可是我也打過她，那是我要給
她一個下馬威。我只打了她一個多月，雖然說我打得狠了
一點，可是不狠哪能夠規矩出一個好人來。我也是不願意
狠打她的，打得連喊帶叫的，我是為她着想，不打得狠一
點，她是不能夠中用的。有幾回，我是把她吊在大樑上，
讓她叔公公用皮鞭子狠狠地抽了她幾回，打得是着狠點
了，打昏過去了。可是只昏了一袋煙的工夫，就用冷水把
她澆過來了。是打狠了一點，全身也都打青了，也還出了
點血。可是立刻就打了雞蛋清子給她擦上了。也沒有腫得
怎樣高，也就是十天半月地就好了。這孩子，嘴也是特別
硬，我一打她，她就說她要回家。我就問她：『哪兒是你
的家？這兒不就是你的家嗎？』她可就偏不這樣說。她說
回她的家。我一聽就更生氣。人在氣頭上還管得了這個那
個，因此我也用燒紅過的烙鐵烙過她的腳心。誰知道來，
也許是我把她打掉了魂啦，也許是我把她嚇掉了魂啦，她
一說她要回家，我不用打她，我就說看你回家，我用索鏈
子把你鎖起來。她就嚇得直叫。大仙家也看過了，說是要
她出馬。一個團圓媳婦的花費也不少呢，你看她八歲我訂

下她的，一訂就是八兩銀子，年年又是頭繩錢，鞋面錢的，到如今又用火車把她從遼陽接來，這一路的盤費。到了這兒，就是今天請神，明天看香火，幾天吃偏方。若是越吃越好，那還罷了。可是百般地不見好，將來誰知道來……到結果……」

不遠千里而來的這位抽帖兒的，端莊嚴肅，風塵僕僕，穿的是藍袍大衫，罩着棉襖。頭上戴的是長耳四喜帽。使人一見了就要尊之為師。

所以奶奶婆婆也說：

「快給我二孫子媳婦抽一個帖吧，看看她的命理如何。」

那抽帖兒的一看，這家人家真是誠心誠意，於是他就把皮耳帽子從頭上摘下來了。

一摘下帽子來，別人都看得見，這人頭頂上梳着髮髻，戴着道帽。一看就知道他可不是市井上一般的平凡的人。別人正想要問，還不等開口，他就說他是某山上的道人，他下山來是為的奔向山東的泰山去，誰知路出波折，缺少盤程，就流落在這呼蘭河的左右，已經不下半年之久了。

人家問他，既是道人，為什麼不穿道人的衣裳。他回答說：

「你們哪裏曉得，世間三百六十行，各有各的苦。這地方的警察特別厲害，他一看穿了道人的衣裳，他就說三問四。他們那些叛道的人，無理可講，說抓就抓，說拿就拿。」

他還有一個別號，叫雲遊真人，他說一提雲遊真人，遠近皆知。無管什麼病痛或是吉凶，若一抽了他的帖兒，則生死存亡就算定了。他說他的帖法，是張天師所傳。

他的帖兒並不多，只有四個，他從衣裳的口袋裏一個一個地往外摸，摸出一帖來是用紅紙包着，再一帖還是紅紙包着，摸到第四帖也都是紅紙包着。

他說帖下也沒有字，也沒有影。裏邊只包着一包藥面，一包紅，一包綠，一包藍，一包黃。抽着黃的就是黃金富貴，抽着紅的就是紅顏不老。抽到綠的就不大好了，綠色的是鬼火。抽到藍的也不大好，藍的就是鐵臉藍青，張天師說過，鐵臉藍青，不死也得見閻王。

那抽帖的人唸完了一套，就讓病人的親人伸出手來抽。

團圓媳婦的婆婆想，這倒也簡單、容易，她想趕快抽一帖出來看看，命定是死是活，多半也可以看出來個大概。不曾想，剛一伸出手去，那雲遊真人就說：

「每帖十吊錢，抽着藍的，若嫌不好，還可以再抽，每帖十吊……」

團圓媳婦的婆婆一聽，這才恍然大悟，原來這可不是白抽的，十吊錢一張可不是玩的，一吊錢撿豆腐可以撿二十塊。

三天撿一塊豆腐，二十塊，二三得六，六十天都有豆腐吃。若是隔十天撿一塊，一個月撿三塊，那就半年都不缺豆腐吃了。

她又想，三天一塊豆腐，哪有這麼浪費的人家。依着

她一個月撿一塊大家嘗嘗也就是了，那麼辦，二十塊豆腐，每月一塊，可以吃二十個月，這二十個月，就是一年半還多兩個月。

若不是買豆腐，若養一口小肥豬，經心地餵着牠，餵得胖胖的，餵到五六個月，那就是多少錢哪！餵到一年，那就是千八百吊了……

再說就是不買豬，買雞也好，十吊錢的雞，就是十來個，一年的雞，第二年就可以下蛋，一個蛋，多少錢！就說不賣雞蛋，就說拿雞蛋換青菜吧，一個雞蛋換來的青菜，夠老少三輩吃一天的了……何況雞會生蛋，蛋還會生雞，永遠這樣循環地生下去，豈不有無數的雞，無數的蛋了嗎？豈不發了財嗎？

但她可並不是這麼想，她想夠吃也就算了，夠穿也就算了。一輩子儉儉樸樸，多多少少積儲了一點也就夠了。她雖然是愛錢，若說讓她發財，她可絕對的不敢。

那是多麼多呀！數也數不過來了。記也記不住了。假若是雞生了蛋，蛋生了雞，來回地不斷的生，這將成個什麼局面，雞豈不和螞蟻一樣多了嗎？看了就要眼花，眼花就要頭痛。

這團圓媳婦的婆婆，從前也養過雞，就是養了十吊錢的。她也不多養，她也不少養。十吊錢的就是她最理想的。十吊錢買了十二個小雞仔，她想：這就正好了，再多怕丟了，再少又不夠十吊錢的。

在她一買這剛出蛋殼的小雞子的時候，她就挨着個看，

這樣的不要，那樣的不要。黑爪的不要，花膀的不要，腦門上帶點的又不要。她說她親娘就是會看雞，那真是養了一輩子雞呀！年年養，可也不多養。可是一輩子針啦，線啦，沒有缺過，一年到頭沒花過錢，都是拿雞蛋換的。人家那眼睛真是認貨，什麼樣的雞短命，什麼樣的雞長壽，一看就跑不了她老人家的眼睛的。就說這樣的雞下蛋大，那樣的雞下蛋小，她都一看就在心裏了。

她一邊買着雞，她就一邊怨恨着自己沒有用，想當年為什麼不跟母親好好學學呢！唉！年輕的人哪裏會慮後事。她一邊買着，就一邊感歎。她雖然對這小雞仔的選擇上邊，也下了萬分的心思，可以說是選無可選了。那賣雞子的人一共有二百多小雞，她通通地選過了，但究竟她所選了的，是否都是頂優秀的，這一點，她自己也始終把握不定。

她養雞，是養得很經心的，她怕貓吃了，怕耗子咬了。她一看那小雞，白天一打盹，她就給驅着蒼蠅，怕蒼蠅把小雞咬醒了，她讓牠多睡一會，她怕小雞睡眠不足，小雞的腿上，若讓蚊子咬了一塊疤，她一發現了，她就立刻泡了艾蒿水給小雞擦。她說若不及早的擦呀，那將來是公雞，就要長不大，是母雞就要下小蛋。小雞蛋一個換兩塊豆腐，大雞蛋換三塊豆腐。

這是母雞。再說公雞，公雞是一刀菜，誰家殺雞不想殺胖的。小公雞是不好賣的。

等她的小雞，略微長大了一點，能夠出屋了，能夠在院子裏自己去找食吃的時候，她就把牠們給染了六匹紅的，

六匹綠的。都是在腦門上。

　　至於把顏色染在什麼地方，那就先得看鄰居家的都染在什麼地方，而後才能夠決定。鄰居家的小雞把色染在膀梢上，那她就染在腦門上。鄰居家的若染在了腦門上，那她就要染在肚囊上。大家切不要都染在一個地方，染在一個地方可怎麼能夠識別呢？你家的跑到我家來，我家的跑到你家去，那麼豈不又要混亂了嗎？

　　小雞上染了顏色是十分好看的，紅腦門的，綠腦門的，好像牠們都戴了花帽子。好像不是養的小雞，好像養的是小孩似的。

　　這團圓媳婦的婆婆從前她養雞的時候就說過：

　　「養雞可比養小孩更嬌貴，誰家的孩子還不就是扔在旁邊他自己長大的，蚊子咬咬，臭蟲咬咬，那怕什麼的，哪家的孩子身上沒個疤拉癩子的。沒有疤拉癩子的孩子都不好養活，都要短命的。」

　　據她說，她一輩子的孩子並不多，就是這一個兒子，雖然說是稀少，可是也沒有嬌養過。到如今那身上的疤也有二十多塊。

　　她說：

　　「不信，脫了衣裳給大家伙看看……那孩子那身上的疤拉，真是多大的都有，碗口大的也有一塊。真不是說，我對孩子真沒有嬌養過。除了他自個兒跌的摔的不說，就說我用劈柴棒子打的也落了好幾個疤。養活孩子可不是養活雞鴨的呀！養活小雞，你不好好養牠，牠不下蛋。一個

蛋，大的換三塊豆腐，小的換兩塊豆腐，是鬧玩的嗎？可不是鬧着玩的。」

有一次，她的兒子踏死了一個小雞仔，她打了她兒子三天三夜，她説：

「我為什麼不打他呢？一個雞子就是三塊豆腐，雞仔是雞蛋變的呀！要想變一個雞仔，就非一個雞蛋不行，半個雞蛋能行嗎？不但半個雞蛋不行，就是差一點也不行，壞雞蛋不行，陳雞蛋不行。一個雞要一個雞蛋，那麼一個雞不就是三塊豆腐是什麼呢？眼睜睜地把三塊豆腐放在腳底踩了，這該多大的罪，不打他，哪兒能夠不打呢？我越想越生氣，我想起來就打，不管黑夜白日，我打了他三天。後來打出一場病來，半夜三更的，睡得好好的説哭就哭。可是我也沒有當他是一回子事，我就拿飯勺子敲着門框，給他叫了叫魂。沒理他也就好了。」

她這有多少年沒養雞了，自從訂了這團圓媳婦，把積存下的那點針頭線腦的錢都花上了。這還不説，還得每年頭繩錢啦，腿帶錢的託人捎去，一年一個空，這幾年來就緊得不得了。想養幾個雞，都狠心沒有養。

現在這抽帖的雲遊真人坐在她的眼前，一帖又是十吊錢。若是先不提錢，先讓她把帖抽了，哪管抽完了再要錢呢，那也總算是沒有花錢就抽了帖的。可是偏偏不先，那抽帖的人，帖還沒讓抽，就是提到了十吊錢。

所以那團圓媳婦的婆婆覺得，一伸手，十吊錢，一張口，十吊錢。這不是眼看着錢往外飛嗎？

這不是飛，這是幹什麼，一點聲響也沒有，一點影子也看不見。還不比過河，往河裏扔錢，往河裏扔錢，還聽一個響呢，還打起一個水泡呢。這是什麼代價也沒有的，好比自己發了昏，把錢丟了，好比遇了強盜，活活地把錢搶去了。

團圓媳婦的婆婆，差一點沒因為心內的激憤而流了眼淚。她一想十吊錢一帖，這哪裏是抽帖，這是抽錢。

於是她把伸出去的手縮回來了。她趕快跑到臉盆那裏去，把手洗了，這可不是鬧笑話的，這是十吊錢哪！她洗完了手又跪在灶王爺那裏禱告了一番。禱告完了才能夠抽帖的。

她第一帖就抽了個綠的，綠的不大好，綠的就是鬼火。她再抽一抽，這一帖就更壞了，原來就是那最壞的，不死也得見閻王的裏邊包着藍色藥粉的那張帖。

團圓媳婦的婆婆一見兩帖都壞，本該抱頭大哭，但是她沒有那麼的。自從團圓媳婦病重了，說長的、道短的、說死的、說活的，樣樣都有。又加上已經左次右番的請胡仙、跳大神、鬧神鬧鬼，已經使她見過不少的世面了。說活雖然高興，說去見閻王也不怎樣悲哀，似乎一時也總像見不了的樣子。

於是她就問那雲遊真人，兩帖抽的都不好。是否可以想一個方法可以破一破？雲遊真人就說了：

「拿筆拿墨來。」

她家本也沒有筆，大孫子媳婦就跑到大門洞子旁邊那

糧米舖去借去了。

糧米舖的山東女老闆，就用山東腔問她：

「你家做啥？」

大孫子媳婦說：

「給弟妹畫病。」

女老闆又說：

「你家的弟妹，這一病就可不淺，到如今好了點沒？」

大孫子媳婦本想端着硯台，拿着筆就跑，可是人家關心，怎好不答，於是去了好幾袋煙的工夫，還不見回來。

等她抱了硯台回來的時候，那雲遊真人，已經把紅紙都撕好了。於是拿起筆來，在他撕好的四塊紅紙上，一塊上邊寫了一個大字，那紅紙條也不過半寸寬，一寸長。他寫的那字大得都要從紅紙的四邊飛出來了。

這四個字，他家本沒有識字的人，灶王爺上的對聯還是求人寫的。一模一樣，好像一母所生，也許寫的就是一個字。大孫子媳婦看看不認識，奶奶婆婆看看也不認識。雖然不認識，大概這個字一定也壞不了，不然，就用這個字怎麼能破開一個人不見閻王呢？於是都一齊點頭稱好。

那雲遊真人又命拿漿糊來。她們家終年不用漿糊，漿糊多麼貴，白麵十多吊錢一斤。都是用黃米飯粒來黏鞋面的。

大孫子媳婦到鍋裏去鏟了一塊黃黏米飯來。雲遊真人，就用飯粒貼在紅紙上了。於是掀開團圓媳婦蒙在頭上的破棉襖，讓她拿出手來，一個手心上給她貼一張。又讓她脫

了襪子，一隻腳心上給她貼上一張。

雲遊真人一見，腳心上有一大片白色的疤痕，他一想就是方才她婆婆所說的用烙鐵給她烙的。可是他假裝不知，問說：

「這腳心可是生過什麼病症嗎？」

團圓媳婦的婆婆連忙就接過來說：

「我方才不是說過嗎，是我用烙鐵給她烙的。哪裏會見過的呢？走道像飛似的，打她，她記不住，我就給她烙一烙。好在也沒什麼，小孩子肉皮活，也就是十天半月的下不來地，過後也就好了。」

那雲遊真人想了一想，好像要嚇唬她一下，就說這腳心的疤，雖然是貼了紅帖，也怕貼不住，閻王爺是什麼都看得見的，這疤怕是就給了閻王爺以特殊的記號，有點不大好辦。

雲遊真人說完了，看一看她們怕不怕，好像是不怎樣怕。

於是他就說得嚴重一些：

「這疤不掉，閻王爺在三天之內就能夠找到她，一找到她，就要把她活捉了去的。剛才的那帖是再準也沒有的了，這紅帖也絕沒有用處。」

他如此的嚇唬着她們，似乎她們從奶奶婆婆到孫子媳婦都不大怕。那雲遊真人，連想也沒有想，於是開口就說：

「閻王爺不但要捉團圓媳婦去，還要捉了團圓媳婦的婆婆去，現世現報，拿烙鐵烙腳心，這不是虐待，這是什

麼，婆婆虐待媳婦，做婆婆的死了下油鍋，老胡家的婆婆
虐待媳婦……」

他就越說越聲大，似乎要喊了起來，好像他是專打抱
不平的好漢，而變了他原來的態度了。

一說到這裏，老胡家的老少三輩都害怕了，毛骨悚然，
以為她家裏又是撞進來了什麼惡魔。而最害怕的是團圓媳
婦的婆婆，嚇得亂哆嗦，這是多麼駭人聽聞的事情，虐待
媳婦世界上能有這樣的事情嗎？

於是團圓媳婦的婆婆趕快跪下了，面向着那雲遊真人，
眼淚一對一雙地往下落：

「這都是我一輩子沒有積德，有孽遭到兒女的身上，
我哀告真人，請真人誠心的給我化散化散，借了真人的靈
法，讓我的媳婦死裏逃生吧。」

那雲遊真人立刻就不說見閻王了，說她的媳婦一定見
不了閻王，因為他還有一個辦法一辦就好的；說來這法子
也簡單得很，就是讓團圓媳婦把襪子再脫下來，用筆在那
疤痕上一畫，閻王爺就看不見了。當場就脫下襪子來在腳
心上畫了。

一邊畫着還嘴裏嘟嘟地唸着咒語。這一畫不知費了多
大力氣，旁邊看着的人倒覺十分地容易，可是那雲遊真人
卻冒了滿頭的汗，他故意的咬牙切齒，皺面瞪眼。這一畫
也並不是容易的事情，好像他在上刀山似的。

畫完了，把錢一算，抽了兩帖二十吊。寫了四個紅紙
貼在腳心手心上，每帖五吊是半價出售的，一共是四五等

於二十吊。外加這一畫，這一畫本來是十吊錢，現在就給打個對折吧，就算五吊錢一隻腳心，一共畫了兩隻腳心，又是十吊。

二十吊加二十吊，再加十吊。一共是五十吊。

雲遊真人拿了這五十吊錢樂樂呵呵地走了。

團圓媳婦的婆婆，在她剛要抽帖的時候，一聽每帖十吊錢，她就心痛得了不得，又要想用這錢養雞，又要想用這錢養豬。等到現在五十吊錢拿出去了，她反而也不想雞了，也不想養豬了。因為她想，來到臨頭，不給也是不行了。帖也抽了，字也寫了，要想不給人家錢也是不可能的了。事到臨頭，還有什麼辦法呢？別說五十吊，就是一百吊錢也得算着嗎？不給還行嗎？

於是她心安理得地把五十吊錢給了人家。這五十吊錢，是她秋天出城去在豆田裏拾黃豆粒，一共拾了二升豆子賣了幾十吊錢。在田上拾黃豆粒也不容易，一片大田，經過主人家的收割，還能夠剩下多少豆粒呢？而況窮人聚了那麼大的一羣，孩子、女人、老太太……你搶我奪的，你爭我打的。為了二升豆子就得在田上爬半月二十天的，爬得腰酸腿疼。唉，為着這點豆子，那團圓媳婦的婆婆還到「李永春」藥舖，去買過二兩紅花的。那是因為在土上拾豆子的時候，有一棵豆秧刺了她的手指甲一下。她也沒有在乎，把刺拔出來也就去他的了。該拾豆子還是拾豆子。就因此那指甲可就不知怎麼樣，睡了一夜那指甲就腫起來了，腫得和茄子似的。

這腫一腫又算什麼呢？又不是皇上娘娘，説起來可真嬌慣了，哪有一個人吃天靠天，而不生點天災的？

鬧了好幾天，夜裏痛得火辣辣地不能睡覺了。這才去買了二兩紅花來。

説起買紅花來，是早就該買的，奶奶婆婆勸她買，她不買。大孫子媳婦勸她買，她也不買。她的兒子想用孝順來征服他的母親，他強硬地要去給她買，因此還挨了他媽的一煙袋鍋子，這一煙袋鍋子就把兒子的腦袋給打了雞蛋大的一個包。

「你這小子，你不是敗家嗎？你媽還沒死，你就做了主了。小兔崽子，我看着你再説買紅花的！大兔崽子我看着你的。」

就這一邊罵着，一邊煙袋鍋子就打下來了。

後來也到底還是買了，大概是驚動了東鄰西居，這家説説，那家講講的，若再不買點紅花來，也太不好看了，讓人家説老胡家的大兒媳婦，一年到頭，就能夠尋尋覓覓的積錢，錢一到她的手裏，就好像掉到地縫了，一個錢也不用想從她的手裏拿出來。假若這樣地説開去，也是不太好聽，何況這揀來的豆子能賣好幾十吊呢，花個三吊兩吊的就花了吧。一咬牙，去買上二兩紅花來擦擦。

想雖然是這樣想過了，但到底還沒有決定，延持了好幾天還沒有「一咬牙」。

最後也畢竟是買了，她選擇了一個頂嚴重的日子，就是她的手，不但一個指頭，而是整個的手都腫起來了。那

原來腫得像茄子的指頭，現在更大了，已經和一個小冬瓜似的了。而且連手掌也無限度地胖了起來，胖得和張大簸箕似的。她多少年來，就嫌自己太瘦，她總說，太瘦的人沒有福分。尤其是瘦手瘦腳的，一看就不帶福相。尤其是精瘦的兩隻手，一伸出來和雞爪似的，真是輕薄的樣子。

現在她的手是胖了，但這樣胖法，是不大舒服的。同時她也發了點熱，她覺得眼睛和嘴都乾，臉也發燒，身上也時冷時熱，她就說：

「這手是要鬧點事嗎？這手……」

一清早起，她就這樣地唸了好幾遍。那胖得和小簸箕似的手，是一動也不能動了，好像一匹大貓或者一個小孩的頭似的，她把它放在枕頭上和她一齊地躺着。

「這手是要鬧點事的吧！」

當她的兒子來到她旁邊的時候，她就這樣說。

她的兒子一聽她母親的口氣，就有些了解了。大概這回她是要買紅花的了。

於是她的兒子跑到奶奶的面前，去商量着要給她母親去買紅花，她們家住的是南北對面的炕，那商量的話聲，雖然不甚大，但是他的母親是聽到的了。聽到了，也假裝沒有聽到，好表示這買紅花可到底不是她的意思，可並不是她的主使，她可沒有讓他們去買紅花。

在北炕上，祖孫二人商量了一會，孫子說向她媽去要錢去。祖母說：

「拿你奶奶的錢先去買吧，你媽好了再還我。」

　　祖母故意把這句説得聲音大一點，似乎故意讓她的大兒媳婦聽見。

　　大兒媳婦是不但這句話，就是全部的話也都了然在心了，不過裝着不動就是了。

　　紅花買回來了，兒子坐到母親的旁邊，兒子説：

　　「媽，你把紅花酒擦上吧。」

　　母親從枕頭上轉過臉兒來，似乎買紅花這件事情，事先一點也不曉得，説：

　　「喲！這小鬼羔子，到底買了紅花來……」

　　這回可並沒有用煙袋鍋子打，倒是安安靜靜地把手伸出來，讓那浸了紅花的酒，把一隻胖手完全染上了。

　　這紅花到底是二吊錢的，還是三吊錢的，若是二吊錢的倒給的不算少，若是三吊錢的，那可貴了一點。若是讓她自己去買，她可絕對地不能買這麼多，也不就是紅花嗎！紅花就是紅的就是了，治病不治病，誰曉得？也不過就是解解心疑就是了。

　　她想着想着，因為手上塗了酒覺得涼爽，就要睡一覺，又加上燒酒的氣味香撲撲的，紅花的氣味藥乎乎的。她覺得實在是舒服了不少。於是她一閉眼睛就做了一個夢。

　　這夢做的是她買了兩塊豆腐，這豆腐又白又大。是用什麼錢買的呢？就是用買紅花剩來的錢買的。因為在夢裏邊她夢見是她自己去買的紅花。她自己也不買三吊錢的，也不買兩吊錢的，是買了一吊錢的。在夢裏邊她還算着，不但今天有兩塊豆腐吃，哪天一高興還有兩塊吃的！三吊

錢才買了一吊錢的紅花呀！

現在她一遭就拿了五十吊錢給了雲遊真人。若照她的想法來說，這五十吊錢可該買多少豆腐了呢？

但是她沒有想，一方面因為團圓媳婦的病也實在病得纏綿，在她身上花錢也花得大手大腳的了。另一方面就是那雲遊真人的來勢也過於猛了點，竟打抱不平來，說她虐待團圓媳婦。還是趕快地給了他錢，讓他滾蛋吧。

真是家裏有病人是什麼氣都受得呵。團圓媳婦的婆婆左思右想，越想越是自己遭了無妄之災，滿心的冤屈，想罵又沒有對象，想哭又哭不出來，想打也無處下手了。

那小團圓媳婦再打也就受不住了。

若是那小團圓媳婦剛來的時候，那就非先抓過她來打一頓再說。做婆婆的打了一隻飯碗，也抓過來把小團圓媳婦打一頓。她丟了一根針也抓過來把小團圓媳婦打一頓。她跌了一個筋斗，把單褲膝蓋的地方跌了一個洞，她也抓過來把小團圓媳婦打一頓。總之，她一不順心，她就覺得她的手就想要打人。她打誰呢！誰能夠讓她打呢？於是就輪到小團圓媳婦了。

有娘的，她不能夠打。她自己的兒子也捨不得打。打貓，她怕把貓打丟了。打狗，她怕把狗打跑了。打豬，怕豬掉了斤兩。打雞，怕雞不下蛋。

唯獨打這小團圓媳婦是一點毛病沒有，她又不能跑掉，她又不能丟了。她又不會下蛋，反正也不是豬，打掉了一些斤兩也不要緊，反正也不過秤。

可是這小團圓媳婦，一打也就吃不下飯去。吃不下飯去不要緊，多喝一點飯米湯好啦，反正飯米湯剩下也是要餵豬的。

可是這都成了已往的她的光榮的日子了，那種自由的日子恐怕一時不會再來了。現在她不用説打，就連罵也不大罵她了。

現在她別的都不怕，她就怕她死，她心裏總有一個陰影，她的小團圓媳婦可不要死了呵。

於是她碰到了多少的困難，她都克服了下去，她咬着牙根，她忍住眼淚，她要罵不能罵，她要打不能打。她要哭，她又止住了。無限的傷心，無限的悲哀，常常一齊會來到她的心中。她想，也許是前生沒有做了好事，此生找到她了。不然為什麼連一個團圓媳婦的命都沒有。她想一想，她一生沒有做過惡事，面軟、心慈，凡事都是自己吃虧，讓着別人。雖然沒有吃齋唸佛，但是初一十五的素口也自幼就吃着。雖然不怎樣拜廟燒香，但四月十八的廟會，也沒有拉下過。娘娘廟前一把香，老爺廟前三個頭。哪一年也都是燒香磕頭的沒有拉過「過場」。雖然是自小沒有讀過詩文，不認識字，但是《金剛經》、《灶王經》也會唸上兩套。雖然説不曾做過捨善的事情，沒有補過路，沒有修過橋，但是逢年過節，對那些討飯的人，也常常給過他們剩湯剩飯的。雖然過日子不怎樣儉省，但也沒有多吃過一塊豆腐。拍拍良心，對天對得起，對地也對得住。那為什麼老天爺明明白白的卻把禍根種在她身上？

她越想，她越心煩意亂。

「都是前生沒有做了好事，今生才找到了。」

她一想到這裏，她也就不再想了，反正事到臨頭，瞎想一陣又能怎樣呢？於是她自己勸着自己就又忍着眼淚，咬着牙根，把她那兢兢業業的，養豬餵狗所積下來的那點錢，又一吊一吊的，一五一十的，往外拿着。

東家說看着個香火，西家說吃個偏方。偏方、野藥、大神、趕鬼、看香、扶乩，樣樣都已經試過。錢也不知花了多少，但是都不怎樣見效。

那小團圓媳婦夜裏說夢話，白天發燒。一說起夢話來，總是說她要回家。

「回家」這兩個字，她的婆婆覺得最不祥，就怕她是陰間的花姐，閻王奶奶要把她叫了回去。於是就請了一個圓夢的。那圓夢的一圓，果然不錯，「回家」就是回陰間地獄的意思。

所以那小團圓媳婦，做夢的時候，一夢到她的婆婆打她，或者是用梢子繩把她吊在房樑上了，或是夢見婆婆用烙鐵烙她的腳心，或是夢見婆婆用針刺她的手指尖。一夢到這些，她就大哭大叫，而且嚷她要「回家」。

婆婆一聽她嚷回家，就伸出手去在大腿上擰着她。日子久了，擰來，擰去，那小團圓媳婦的大腿被擰得像一個梅花鹿似的青一塊、紫一塊的了。

她是一份善心，怕是真的她回了陰間地獄，趕快地把她叫醒來。

可是小團圓媳婦睡得朦裏朦朧的，她以為她的婆婆可又真的在打她了，於是她大叫着，從炕上翻身起來，就跳下地去，拉也拉不住她，按也按不住她。

她的力氣大得驚人，她的聲音喊得怕人。她的婆婆於是覺得更是見鬼了、着魔了。

不但她的婆婆，全家的人也都相信這孩子的身上一定有鬼。

誰聽了能夠不相信呢？半夜三更的喊着回家，一招呼醒了，她就跳下地去，瞪着眼睛，張着嘴，連哭帶叫的，那力氣比牛還大，那聲音好像殺豬似的。

誰能夠不相信呢？又加上她婆婆的渲染，說她眼珠子是綠的，好像兩點鬼火似的，說她的喊聲，是直聲拉氣的，不是人聲。

所以一傳出去，東鄰西舍的，沒有不相信的。

於是一些善人們，就覺得這小女孩子也實在讓鬼給捉弄得可憐了。哪個孩兒是沒有娘的，哪個人不是肉生肉長的。誰家不都是養老育小，……於是大動惻隱之心。東家二姨，西家三姑，她說她有奇方，她說她有妙法。

於是就又跳神趕鬼、看香、扶乩，老胡家鬧得非常熱鬧。傳為一時之盛。若有不去看跳神趕鬼的，竟被指為落伍。

因為老胡家跳神跳得花樣翻新，是自古也沒有這樣跳的，打破了跳神的紀錄了，給跳神開了一個新紀元。若不去看看，耳目因此是會閉塞了的。

當地沒有報紙，不能記錄這樁盛事。若是患了半身不遂的人，患了癱病的人，或是大病臥牀不起的人，那真是一生的不幸，大家也都為他惋惜，怕是他此生也要孤陋寡聞，因為這樣隆重的盛舉，他究竟不能夠參加。

呼蘭河這地方，到底是太閉塞，文化是不大有的。雖然當地的官、紳，認為已經滿意了，而且請了一位滿清的翰林，作了一首歌，歌曰：

溯呼蘭天然森林，自古多奇材。

　　這首歌還配上了從東洋流來的樂譜，使當地的小學都唱着。這歌不止這兩句這麼短，不過只唱這兩句就已經夠好的了。所好的是使人聽了能夠引起一種自負的感情來，尤其當清明植樹節的時候，幾個小學堂的學生都排起隊來在大街上遊行，並唱着這首歌。使老百姓聽了，也覺得呼蘭河是個了不起的地方，一開口說話就「我們呼蘭河」；那在街道上撿糞蛋的孩子，手裏提着糞耙子，他還說「我們呼蘭河！」可不知道呼蘭河給了他什麼好處。也許那糞耙子就是呼蘭河給了他的。

　　呼蘭河這地方，儘管奇才很多，但到底太閉塞，竟不會辦一張報紙，以至於當地的奇聞妙事都沒有記載，任它風散了。

　　老胡家跳大神，就實在跳得奇。用大缸給團圓媳婦洗澡，而且是當眾就洗的。

　　這種奇聞盛舉一經傳了出來，大家都想去開開眼界，就是那些患了半身不遂的，患了癱病的人，人們覺得他們癱了倒沒有什麼，只是不能夠前來看老胡家團圓媳婦大規模地洗澡，真是一生的不幸。

賞析

　　本文 1940 年 9 月到 12 月連載於香港《星島日報》的副刊《星座》。這是蕭紅走到人生盡頭的時候創作的自傳體小說。蕭紅雖然當時不到三十歲，可是身體非常屏弱，戰爭的摧殘和感情的衝擊令她長期身心俱疲，罹患多種疾病。與此同時，她的文學水準，無論是創作的觀念還是技巧，都達到了巔峯。香港又是一個遠離左翼文學陣營的地方，這給了她足夠的空間去寫自己最想寫的作品。

　　《呼蘭河傳》的內容無關現在，也無關未來，只是蕭紅對自己童年的一個完整的回憶。她沒有美化這份回憶，也沒有醜化它，而是以一個現實主義作家的態度描繪了一個長長的舊夢。呼蘭河小城裏的眾生相，鮮活生動，他們有愚昧醜惡的一面，也有善良純真的一面。小城裏落後的封建習氣密不透風，反抗卻也並非從未發生。

　　《呼蘭河傳》還是一部東北民間文化的說明書，其中的民俗描寫，使讀者得以領略上個世紀初呼蘭河小城的風土人情。為無名的故鄉小城作傳，為一輩卑微的凡夫俗子作傳，這體現了蕭紅獨特的寫作視角。《呼蘭河傳》應用了孩童講述的方式，看似鬆散跳躍，但並沒有脫離整體的結構。也正是因為借用了孩子的口吻，小說顯得純淨樸素，沒有批判，沒有譴責，反而時時流露出一絲幽默和頑皮，這也增添了小說本身的語言魅力。

延伸閱讀

蕭紅和魯迅先生的交往

1934 年 10 月，一個 23 歲的東北姑娘，突然闖進魯迅先生的生活中，她立即引起魯迅先生的注意。先生待她如親人，又視她如調皮的女兒，她就是蕭紅。

一個陌生的東北姑娘，從遙遠的關外來到舉目無親的上海。原來一顆對未來充滿憧憬的心，被幾年的流浪生活打擊得已經冰冷了。然而，當她找到魯迅先生以後，她的希望產生了，心裏的冰塊開始融化了。

魯迅先生的一家同這個東北姑娘一見如故。魯迅先生喜歡她，關懷她；許廣平（魯迅先生的妻子）同情她，愛她，處處照應她。甚至連小海嬰（周海嬰，魯迅先生的獨生兒子）也不願意離開這位年輕的、梳着兩條小辮子的東北阿姨。蕭紅成了魯迅先生家中的常客，親密得宛如一家人。

蕭紅，正是在魯迅先生的幫助下，才順利登上了上海文壇，並逐漸成為中國現代文學史上一位頗具特色、建樹極高的女作家。

《生死場》的出版和成名完全是在魯迅先生的幫助下推出的：1934 年初，為了《生死場》和《八月的鄉村》的出版事宜，蕭紅和蕭軍聯名給魯迅先生寫信。魯迅回信答應審讀書稿，這給了兩個年輕人極大的激勵。在與魯迅取得聯繫之後，蕭紅和蕭軍乘坐一條貨船奔往上海。魯迅熱

情地邀請他們到內山書店面談。第一次見面，魯迅借給他們 20 塊錢，並且很細心地寬慰他們，不要把借錢這種小事放在心上，否則很容易神經衰弱。魯迅對文藝青年的了解是深入骨髓的，他看到過太多精神的敏感度遠遠超過文學才華的年輕人投入到並不適合自己的寫作事業當中去。不過，對蕭紅和蕭軍的作品，他的確很欣賞，非常支持他們走上文學道路。他還時不時地邀請兩人一起吃飯、聊天，為他們介紹朋友，這是魯迅並不常做的。

1934 年，魯迅將蕭紅的《生死場》、蕭軍的《八月的鄉村》，以及葉紫的小說《豐收》編成「奴隸叢書」，並提供資助，在容光書局出版，他還親自為《生死場》寫序。「蕭紅」這個筆名就是在《生死場》出版時第一次出現。

魯迅在給她《生死場》作序時說：「現在是一九三五年十一月十四的夜裏，我在燈下再看完了《生死場》。周圍像死一般寂靜，聽慣的鄰人的談話聲沒有了，食物的叫賣聲也沒有了，不過偶有遠遠的幾聲犬吠……我的心現在卻好像古井中水，不生微波，麻木的寫了以上那些字。這正是奴隸的心！——但是，如果還是攪亂了讀者的心呢？那麼，我們還決不是奴才。不過與其聽我還在安坐中的牢騷話，不如快看下面的《生死場》，她才會給你們以堅強和掙扎的力氣。」

一部小說能給人「堅強和掙扎的力氣」，這該是怎樣

的小説啊？又是怎樣的作者呀？

輕易不捧人的魯迅高度評價蕭紅的這部小説：「北方人民的對於生的堅強，對於死的掙扎，卻往往已經力透紙背；女性作者的細緻的觀察和越軌的筆致，又增加了不少明麗和新鮮。」蕭紅在文壇上的地位和聲譽由此奠定，應該説魯迅是最了解她的作品和她的人的，他是蕭的知音。

魯迅不但自己對蕭紅提攜有加，還大力地向上海文化界乃至日本、美國的文化人士推薦蕭紅和她的作品。在接受美國記者愛德格・斯諾訪問的時候，魯迅特別地提到蕭紅「是當今中國最有前途的女作家」。蕭紅很快就揚名海內外。

蕭紅和魯迅之間的友誼，也許是蕭紅一生中唯一只有亮色沒有陰影的情感關係。從某種意義上説，魯迅不僅僅是蕭紅創作上的導師，更是精神和靈魂的父親。蕭紅對魯迅的尊重、愛戴和依賴幾乎是無限的。魯迅在蕭紅身上也傾注了一份特殊的感情。這種感情不但來自對這位東北女作家超乎尋常的靈性的讚賞，更來自相似的人生際遇——缺失愛和温暖的童年，痛苦不堪的包辦婚姻，以及同樣罹患肺病的身體感受。

1936 年，蕭紅和蕭軍的婚姻走到危機重重的十字路口，蕭紅為了逃避壓抑的心情，孤身出走日本。臨行前她去找魯迅告辭。魯迅沒有對她説教，也沒有評判她的行為，

只是告訴她第一次出國該注意些什麼，到了日本要如何照應自己的日常起居。這時魯迅已在病中，也許他已經預感到，這是自己最後一次關照這個既複雜得難以捉摸，又單純得不可思議的北方女孩。可是蕭紅似乎沒有意識到這一點。在魯迅面前，她總是有些不自覺的放縱和任性——正像是她兒時與祖父在一起那樣。

　　1936 年 10 月 19 日，魯迅逝世。遠在東京的蕭紅得知噩耗，給蕭軍寫信說：「昨夜，我是不能不哭了。⋯⋯可惜我的哭聲不能和你們的哭聲混在一道。」1937 年，蕭紅回國。她甚至不敢一個人去魯迅墓前拜祭，只能跟別人一起去。只有對無法割捨的人，方能有這樣的情緒。

　　1942 年 1 月 20 日，蕭紅在太平洋戰爭的炮火聲中，經歷了多災多難，最後病逝於香港，終年 32 歲。臨終前，這位「半生盡遭白眼冷遇」的女作家還跟友人談論着魯迅的作品，談到與魯迅先生的相識，有許多要在魯迅面前傾訴而又一字說不出來的心情。

　　關於自己的身後事，病中的蕭紅訴說了兩個遺願，一是想葬在魯迅的墓旁，二是希望能找到當年在哈爾濱被送人的女兒。只是這兩個心願，至今沒有實現。

名人推薦

　　當今中國最有前途的女作家……《生死場》自然還不過是略圖、敘事和寫景，勝於人物的描寫，而北方人民的對於生的堅強，對於死的掙扎，卻往往已經力透紙背；女性作者的細緻的觀察和越軌的筆致又增加了不少明麗和新鮮。

——現代作家　魯迅

　　它是一篇敘事詩，一幅多彩的風土畫，一串淒婉的歌謠。有諷刺，也有幽默，開始讀時有輕鬆之感，然而越讀下去心頭就會一點一點沉重起來。可是，仍然有美，即使這美有點病態，也仍然不能不使你炫惑……蕭紅寫《呼蘭河傳》的時候，心境是寂寞的。

——現代作家　茅盾

　　我拯救和發現了一個偉大的女作家。她單純、倔強有才華，但她絕不是妻子，尤其不是我的。

——現代作家　蕭軍

蕭紅可愛之處，在於寫作態度赤誠，不作自欺欺人之談。較之為寫作而寫作，以寫作為名利之具，常常具有一種不能同日而語的天然的美質。

——當代作家　**孫犁**

蕭紅在（中國）現代文學史上，雖然從未被忽視或冷落，但多少都被低估了。至少她的作品如《商市街》、《呼蘭河傳》，短篇如《後花園》、《小城三月》等，無論從藝術成就、內容層次或社會內容的涵涉面來說，絕不遜於同代的丁玲或張愛玲。

——香港中文大學博士　**陳潔儀**